唐诗鉴赏与写作

郑小琼 著

西南交通大学出版社
·成都·

图书在版编目（ＣＩＰ）数据

唐诗鉴赏与写作 / 郑小琼著. 一成都：西南交通
大学出版社，2021.3（2024.10 重印）
ISBN 978-7-5643-7977-3

Ⅰ. ①唐… Ⅱ. ①郑… Ⅲ. ①唐诗 – 鉴赏 Ⅳ.
①I207.227.42

中国版本图书馆 CIP 数据核字（2021）第 052960 号

Tangshi Jianshang yu Xiezuo

唐诗鉴赏与写作

郑小琼　著

责 任 编 辑	居碧娟
助 理 编 辑	李　欣
封 面 设 计	原谋书装

出 版 发 行	西南交通大学出版社
	（四川省成都市金牛区二环路北一段 111 号
	西南交通大学创新大厦 21 楼）
发行部电话	028-87600564　028-87600533
邮 政 编 码	610031
网　　　址	http://www.xnjdcbs.com
印　　　刷	成都勤德印务有限公司
成 品 尺 寸	170 mm×230 mm
印　　　张	11.75
字　　　数	169 千
版　　　次	2021 年 3 月第 1 版
印　　　次	2024 年 10 月第 2 次
书　　　号	ISBN 978-7-5643-7977-3
定　　　价	36.00 元

课件咨询电话：028-81435775

前言

　　唐诗如一股清泉，缓缓流淌，澄澈可爱；唐诗如一缕阳光，静静抚摸，摩挲舒坦；唐诗如一朵云彩，悠悠飘移，姿态万千；唐诗如一片珊瑚，轻轻摇摆，五彩斑斓。唐诗题材多样，情感丰富，风格不同，主题鲜明，艺术成就较高。

　　翻开唐诗，摆脱齐梁艳俗之曲的陈子昂来了，他唱着"前不见古人，后不见来者。念天地之悠悠，独怆然而涕下"。描写田园风光与农家朴实生活的孟浩然来了，他唱着"故人具鸡黍，邀我至田家。绿树村边合，青山郭外斜"。描写大漠边塞与壮志豪情的岑参来了，他唱着"瀚海阑干百丈冰，愁云惨淡万里凝。中军置酒饮归客，胡琴琵琶与羌笛"。具有浪漫飘逸之风的李白来了，他唱着"人生得意须尽欢，莫使金樽空对月。天生我材必有用，千金散尽还复来"。具有沉郁顿挫之美的杜甫来了，他唱着"国破山河在，城春草木深。感时花溅泪，恨别鸟惊心"。具有凝练含蓄之美的柳宗元来了，他唱着"千山鸟飞绝，万径人踪灭。孤舟蓑笠翁，独钓寒江雪"。抒写离愁别绪的李商隐来了，他唱着"相见时难别亦难，东风无力百花残。春蚕到死丝方尽，蜡炬成灰泪始干"。唐诗描写了万种景物，刻画了多彩人物，描绘了百变社会，抒发了千种情思，演绎了经典传奇。

熟读唐诗，做志向远大的少年；欣赏唐诗，做温润如玉的君子；咀嚼唐诗，做披荆斩棘的勇士；运用唐诗，做内心平和的智者。唐诗犹如一幅幅画卷，有时山清水秀，有时波澜壮阔。若吾辈诗心不死，守护唐诗，代代相传，唐诗则会经久不衰，流传千古。

　　吾爱唐诗，究其原因有三。一则情真意切，发自肺腑。二则题材丰富，诗史互证。三则语言优美，含蓄隽永。跨越千年，吾辈有幸与诗人对话，重温他们的过往，与诗人共舞。吾爱李白之洒脱，因他"吾爱孟夫子，风流天下闻"的真情流露。斗转星移，吾辈有幸与诗人交谈，共享盛世繁华，与诗人共勉。吾爱白居易之悲吟，因他"文章合为时而著，歌诗合为事而作"的现实主义创作主张。唐诗氤氲人生，犹如滔滔江水，奔向前方，永不停息。

　　吾才疏学浅，从七种题材鉴赏唐诗，写心中所想。每类题材诗篇，追根溯源，挖掘其历史价值。诗篇浩如烟海，取其一二，脉络清晰，望窥一斑而知全貌。格律诗写作要求是唐诗鉴赏的拓展。至唐代，诗歌格律完备。唐诗创作在格律方面要求甚严。本书取其重点，从押韵、平仄、对仗三方面，进行诗律分析。作品量不多，鉴赏面不宽，窃以此书为唐诗的传承，略尽绵薄之力。若有纰漏，望方家指正，不胜感激。

郑小琼

目 录

1
鉴赏基础
表达方式 \ 002
修辞手法 \ 006
形象分析 \ 014
诗歌格律 \ 016

2
山水诗
山水诗概况 \ 026
山水诗鉴赏 \ 032

3
田园诗
田园诗概况 \ 044
田园诗鉴赏 \ 049

4
边塞诗
边塞诗概况 \ 062
边塞诗鉴赏 \ 067

5
友情诗
友情诗概况 \ 082
友情诗鉴赏 \ 088

6
爱情诗
爱情诗概况 \ 102
爱情诗鉴赏 \ 109

7
咏史诗
咏史诗概况 \ 120
咏史诗鉴赏 \ 127

8
咏物诗
咏物诗概况 \ 138
咏物诗鉴赏 \ 148

9
格律诗写作
形式写作 \ 156

参考文献 \ 169

附 录
王力《诗韵常用字表》\ 171

鉴赏基础

唐诗的鉴赏方法多种多样，鉴赏角度不同，对诗歌的分析与评价也不同。本书主要从表达方式、修辞手法、形象分析、诗歌格律、诗歌题材几个方面进行鉴赏，帮助读者了解唐诗，分析唐诗。

表达方式

唐诗表达方式主要有记叙、议论、描写、抒情。从形式上看，唐诗具有篇幅短小、语言凝练等特点。在简短的语言文字里，如何记事状物，表情达意，表达方式尤为重要。

一、记　叙

记叙就是直接陈述所见所闻所感。在唐诗中，记叙常用于介绍人物的经历或事情的发生、发展、变化过程。如崔颢《长干行·君家何处住》："君家何处住，妾住在横塘。停船暂借问，或恐是同乡。"诗歌大意是"在泛舟湖上时，一位船家女遇见了喜欢的男子，借问是否是同乡，主动与他答话"。一位热情大方、纯真可爱的船家女立于眼前，个性鲜明。

二、议　论

议论就是对人和事物的喜恶、好坏、是非、价值、作用等发表意见。如元稹《菊花》："秋丛绕舍似陶家，遍绕篱边日渐斜。不是花中偏爱菊，此花开尽更无花。"诗歌大意是秋天盛开的菊花，日落时分，环绕篱墙，密密麻麻，十分耀眼，让人喜爱。诗人通过对历尽风霜而坚忍不拔的菊花进行赞美，进一步说明喜爱菊花的原因。

三、描　写

描写就是用生动形象的语言对人物、景物进行具体描绘和刻画。描写角度主要有上下描写，远近描写，俯仰描写。描写对象主要有所见、所闻、所感，或是从听觉、视觉、触觉、味觉、嗅觉等角度进行描写。描写方法主要有以下几种。

（一）正面描写和侧面描写

正面描写又叫直接描写，侧面描写又叫间接描写。如王昌龄《浣纱女》："钱塘江畔是谁家，江上女儿全胜花。吴王在时不得出，今日公然来浣纱。"诗歌前两句从正面描写的角度直接赞美了貌美如花的浣纱女；后两句引用历史故事，将浣纱女与西施做对比，从侧面写出钱塘江边浣纱女的美貌非凡。再如李白《听蜀僧濬弹琴》对琴声的描写：

> 蜀僧抱绿绮，西下峨眉峰。
> 为我一挥手，如听万壑松。
> 客心洗流水，余响入霜钟。
> 不觉碧山暮，秋云暗几重。

在《听蜀僧濬弹琴》中，"为我一挥手，如听万壑松"是正面描写，写出了蜀僧弹琴时，气势恢宏，他的琴声铿锵有力。"客心洗流水，余响入霜钟。不觉碧山暮，秋云暗几重"几句是侧面描写，从听者感受角度着笔，写出了蜀僧琴声之美妙。

（二）虚实结合

有者为实，无者为虚；有据为实，假托为虚；显者为实，隐者为虚；现实为实，想象为虚；客观为实，主观为虚。如王维《九月九日忆山东兄弟》："独在异乡为异客，每逢佳节倍思亲。遥知兄弟登高处，遍插茱萸少一人。"诗中异乡孤独凄然之感为实写。遥想亲友们在重阳节登高望远，插满茱萸，快乐无比，这些画面是虚写。整首诗写出了游子的思乡之情，情真意切。再如杜甫《月夜》："今夜鄜州月，闺中只独看。遥怜小儿女，未解忆长安。香雾云鬟湿，清辉玉臂寒。何时倚虚幌，双照泪痕干。"诗中诗人独自看月是实写，妻子独自看月是虚写，虚实结合，写出了离乱之痛，忧思深重。再如李商隐《夜雨寄北》："君问归期未有期，巴山夜雨涨秋池。何当共剪西窗烛，却话巴山夜雨时。"既描写了今日身处巴山倾听秋雨时的寂寥之苦，又想象了来日聚首之时的幸福欢乐。

（三）动静结合

动态的景象与画面和静态的景象与画面相结合时，相得益彰，以动衬静，或以静衬动，可以使唐诗所写景物惟妙惟肖，出神入化。如李白《望庐山瀑布》"遥看瀑布挂前川"一句，远看瀑布似一条白练，宏伟壮丽，这是静态的描写；而"挂"字化动为静，惟妙惟肖地写出了庐山瀑布绚丽壮美之景象。如王维《山居秋暝》"明月松间照，清泉石上流"两句，新雨深山，空旷清新。傍晚时分，天气凉爽。明月高照，松柏清幽。一切都是那么静谧安详，那么清新秀丽。而一个"流"字打破了山间的幽静，山泉淙淙。诗人采用以动衬静手法，动静结合，达到了"诗中有画，画中有诗"的艺术效果。

（四）白描和工笔

白描本是中国画的一种技法，用在唐诗中指的是用纯线条勾勒，不加渲染和烘托的描写手法。如刘长卿《逢雪宿芙蓉山主人》："日暮苍山远，天寒白屋贫。柴门闻犬吠，风雪夜归人。"诗人采用白描手法写"日暮""苍山""白屋""柴门""犬吠""风雪""归人"，种种物象构成了暮雪中的山村图景，写出了风雪夜归人的见闻，极其生动。再如温庭筠的《商山早行》："晨起动征铎，客行悲故乡。鸡声茅店月，人迹板桥霜。槲叶落山路，枳花明驿墙。因思杜陵梦，凫雁满回塘。"诗中"鸡声茅店月，人迹板桥霜"采用了白描手法，六种物象的组合，没有任何修饰语，集中表现了出行时间之早及条件的艰苦。在鸡鸣声起，残月将落之时，冒着寒霜上路，形单影只，茕茕孑立，可见早行之苦。

工笔也是中国画的一种技法，用在唐诗中指的是崇尚写实，求其形似，仔细雕琢的描写方法。如张籍《秋思》："洛阳城里见秋风，欲作家书意万重。复恐匆匆说不尽，行人临发又开封。"作者刻画了这样一个细节：家书将要发出时，游子觉得还有话要说，故"又开封"，表达了漂泊异乡的游子对家乡亲人无尽的思念。

四、抒　情

抒情是表达情感、抒发情感，可以分为直接抒情与间接抒情。直接抒情也称直抒胸臆，如李白《梦游天姥吟留别》"安能摧眉折腰事权贵，使我不得开心颜"。诗人在叙事描写的基础上，以火山喷发般的激情，大声疾呼，抒发了自己潇洒不羁，不愿与统治者同流合污的思想感情。间接抒情主要分为借景抒情、托物言志、借典抒情、借古讽今等。

（一）借景抒情

借景抒情是指作者把强烈的情感或情思寄托或潜藏在自然景物中，通过对此景此物的描写，抒发情感，表达情思。如王维《送元二使安西》："渭城朝雨浥轻尘，客舍青青柳色新。劝君更尽一杯酒，西出阳关无故人。"诗人正面描写春天之景"朝雨"与"柳色"，借"朝雨"抒发送别友人时的忧伤之情，借"杨柳"表达惜别之意。

（二）托物言志

托物言志是指作者借用对景或物的描写，表达自己心情或志向的一种抒情方式。如虞世南《蝉》："垂绥饮清露，流响出疏桐。居高声自远，非是藉秋风。"蝉在唐诗中是一个常见的意象，因秋蝉高居树上，餐风饮露，所以诗人们常用蝉来比喻高洁的品质。此首诗第三四句"居高声自远，非是藉秋风"，借蝉声远传的独特感受，指出做人应该注重品行的修养，从而表达出诗人对高洁品质的热情赞颂和追求。

（三）借典抒情

借典抒情是作者借用广为流传的历史故事或历史人物，以此来表达现实情感。如杜甫《蜀相》："丞相祠堂何处寻，锦官城外柏森森。映阶碧草自春色，隔叶黄鹂空好音。三顾频烦天下计，两朝开济老臣心。出师未捷身先死，长使英雄泪满襟。"此诗中"长使英雄泪满襟"就借用诸葛亮的典故。诸葛亮尽忠蜀汉，耗尽一生心血，多次出师伐魏，未能取胜，至蜀建兴十二年（234 年）卒于五丈原（今陕西岐山东南）军中。杜甫用此典故，一方面表达对诸葛亮献身精神的崇高景仰；一方面抒发自己功业未就，忧国伤时之感。

（四）借古讽今

借古讽今是指借用古代的人或事来讽喻当下。如李商隐《贾生》："宣室求贤访逐臣，贾生才调更无伦。可怜夜半虚前席，不问苍生问鬼神。"诗人借汉代贾谊遭谗被贬、不被重用的遭遇，讽喻政坛，抒写自己怀才不遇的感慨。

修辞手法

修辞大体可分为广狭两义：一是狭义，认为修当作修饰解，辞当作文辞解，修辞就是修饰文辞；二是广义，认为修当作调整或适用解，辞当作语辞解，修辞就是调整或适用语辞。（陈望道，《修辞学发凡》，上海人民出版社，1976 年 7 月，第 1 页）结合唐诗常用修辞手法，本书所选修辞手法有：起兴、赋、借代、夸张、反问、设问、拟人、用典、对偶、双关、通感、移就、顶真、互文、反语、比喻、象征、列锦、拈连、映衬。下面逐一举例分析。

一、起 兴

起兴是指作者因外界景物或事物而触发的某种情思。如李白《将进酒》："君不见黄河之水天上来，奔流到海不复回。"诗人以从天而降的黄河水起兴，联想到光阴似水，发出"君不见高堂明镜悲白发，朝如青丝暮成雪"之感叹。再如李商隐《锦瑟》："锦瑟无端五十弦，一弦一柱思华年。"诗人用"瑟"这种乐器起兴，由此而思及"华年"。

二、赋

朱熹对"赋"的解释为"赋者，敷陈其事而直言之者也"。如李白《剑阁赋》："前有剑阁横断，倚青天而中开。上则松风萧飒瑟飔，有巴猿兮相哀。旁则飞湍走壑，洒石喷阁，汹涌而惊雷。"从多个角度写出了剑阁的高峻险峭。再如白居易《观刈麦》："妇姑荷箪食，童稚携壶浆；相随饷田去，丁壮在南冈。"从一户普通人家的日常生活：妇女送食物，小孩送汤水，青壮年男子收麦穗，就写出了农民辛勤割麦的情景。

二、借代

借代可用部分代表全体，具体代替抽象，用特征代替人。如孟浩然《过故人庄》："故人具鸡黍，邀我至田家。""鸡黍"指鸡肉和黄米饭，这里代指农家待客的丰盛饭食。又如李白《登金陵凤凰台》："总为浮云能蔽日，长安不见使人愁。"这里用"长安"代指朝廷和皇帝。

四、夸张

为了达到某种艺术效果，作者对事物的外形、特征、作用、性质等方面刻意夸大或缩小。如李白《秋浦歌》："白发三千丈，缘愁似个长。"诗人因愁生白发，他用夸张的手法写白发竟有"三千丈"那么长，可见愁思之深重。又如岑参《轮台歌奉送封大夫出师西征》："四边伐鼓雪海涌，三军大呼阴山动。"两军交战时，我军勇猛威武，气势浩大。诗人用夸张的手法写雪海为之汹涌，阴山为之摇撼，突出我军所向无敌的气概。

五、反问

反问是指作者用疑问语气表达与字面意思相反的含义，从而加强语气，增强情感。如王安石《乌江亭》："江东弟子今虽在，肯为君王卷土来？"诗人使用反问，语气严厉，指出了人心向背才是胜败的关键。又如白居易《忆江南》："日出江花红胜火，春来江水绿如蓝，能不忆江南？"诗人用反问，情感强烈，指出怎能让他不怀念江南胜景呢？

六、设 问

设问是指为了强调某事物，作者先故意提出问题，然后自问自答，这样更能引人注意，启发思考。如贺知章《咏柳》："不知细叶谁裁出，二月春风似剪刀。"诗人先问细细的柳叶是谁裁剪出来的呢？然后回答是二月的春风，是她剪裁出嫩绿的细叶，表达自己对春天的喜爱之情。又如杜牧《清明》："借问酒家何处有？牧童遥指杏花村。"诗人采用设问的修辞手法，借酒浇愁，写出了清明时节孤苦纷乱的心境。

七、拟 人

拟人是指把事物或景物当作人来写，使之具有人的动作和情感。如王之涣《凉州词》："羌笛何须怨杨柳，春风不度玉门关。"意谓羌笛何必埋怨春光迟迟不来呢，因为春风吹不到玉门关啊。诗人用拟人的手法，一个"怨"字婉转地写出了戍守边疆将士们的埋怨之情。又如刘禹锡《赏牡丹》："庭前芍药妖无格，池上芙蕖净少情。唯有牡丹真国色，花开时节动京城。""妖无格"用拟人的手法，把"芍药"当作美人来写，写出了芍药的艳丽与妖媚之态；"净少情"用拟人的手法，把"荷花"当作女子来写，写出了荷花淡而寡味；"真国色"用拟人的手法，把"牡丹"当作佳人来写，写出了牡丹的高贵富丽。

八、用　典

用典是指引用历史中的人物或故事，一般采用明用、暗用、正用和反用四种方式。如王绩《野望》："相顾无相识，长歌怀采薇。"引用"采薇"典故，其来源于商代孤竹国国君的儿子伯夷和叔齐。在周武王建立周朝后，他们坚决不吃周朝的粮食，隐居首阳山，采薇而食，终饿死。后世用此典故比喻隐居避世。诗人用此典故，表达自己隐逸山林之志趣。又如李贺《南园》："男儿何不带吴钩，收取关山五十州"。借用"吴钩"典故，来源于《吴越春秋·阖闾内传》，春秋时吴王阖闾以重赏征求利钩（一种似剑而弯的兵器），有一工匠者贪求重赏，杀死自己两个儿子，用他们的血涂在钩上，献给吴王。吴王询问他的钩有什么奇特之处，工匠者呼唤两个儿子的名字，两钩飞起，贴在他的胸前。后以此典泛指锋利宝贵的刀剑。诗人用此典故，写出男儿身佩刀剑，奔赴疆场，气概豪迈，间接抒发了他渴望建功立业、报效祖国之情。

九、对　偶

对偶是指用字数相等、结构相同、意义对称的一对短语或两个句子来表达意思相同、相近或相对的修辞方式。如崔颢《黄鹤楼》："晴川历历汉阳树，芳草萋萋鹦鹉洲"中"晴川历历"和"芳草萋萋"结构相同，写出了黄鹤楼景色宜人，风光秀丽。又如杜甫《登高》"无边落木萧萧下，不尽长江滚滚来"中"落木萧萧下"与"长江滚滚来"都是主谓结构，写出了秋之萧瑟与江之悲壮。

十、双　关

双关是指在一定的语言环境中，利用词的多义或同音的特点，有意使语句具有双重意义，言在此而意在彼。如李白《春夜洛城闻笛》："谁家玉笛暗飞声，散入春风满洛城。此夜曲中闻折柳，何人不起故园情。"诗中"柳"与"留"谐音，古人送别亲友时，折柳相赠，以表达留恋之意。又如刘禹锡民歌体《竹枝词》"东边日出西边雨，道是无晴还有晴。""晴"与"情"同音双关，诗人把少女内心忐忑不安的心理活动，通过变化多端的天气，形象生动地表达出来。少女不知道男子的真实想法，也许男子对她的爱慕之情就像多变的天气一样，一会下雨，一会天晴。可见，双关隐语是民歌中常用的手法。

十一、通　感

通感也称"移觉"。通感是指在描述客观事物时，用形象的语言使感觉转移，将人的听觉、视觉、嗅觉、味觉、触觉等不同感觉互相沟通、交错，彼此挪移转换，将本来表示甲感觉的词语移用来表示乙感觉，使意象更为活泼、新奇的一种修辞手法。如李贺《蝴蝶飞》："杨花扑帐春云热，龟甲屏风醉眼缬。"杨花在春风中像蝴蝶一样飞舞，卧帐里散发着春天的温热气息。诗人从视觉和触觉的角度，写出了春意盎然的热闹景象。又如杜牧《秋夕》："天阶夜色凉如水，卧看牵牛织女星。"诗人采用通感写寒冷的夜色。皇宫石阶在黑夜里，格外寂寥，寒意袭人，夜色就像凉水一样，使人哀怨。

十二、移　就

移就指将原来适用于描写甲事物的词语移用于描写乙事物。移就一般是将描写人的情状的词语移用于表现物。如李白《金陵酒肆留别》："风吹柳花满店香，吴姬压酒劝客尝。"细细品读后才发现，"柳花满店香"中的香味是酒香，诗人将酒的性状词"香"移用到柳花上，写出了春风沉醉的江南，美酒飘香。又如岑参《白雪歌送武判官归京》："瀚海阑干百丈冰，愁云惨淡万里凝。"诗人用"愁"字来修饰云朵，就把描述人情感的词语用到了描述事物上，刻画出瑰奇壮丽的边塞雪景，产生了独特的艺术效果。

十三、顶　真

顶真也叫连珠、蝉联等。顶真在语言形式上如明珠相串，美观悦目，而且在内容上突出了事物之间的内在联系，使内容更加紧凑集中。如李白《白云歌送刘十六归山》："楚山秦山皆白云，白云处处长随君。长随君，君入楚山里，云亦随君渡湘水。湘水上，女萝衣，白云堪卧君早归。"诗人采用顶真修辞手法，增加了语言的流动美和情意的缠绵感，使诗歌内容和语言形式达到和谐统一。白居易《上阳白发人》："上阳人，苦最多：少亦苦，老亦苦。少苦老苦两如何？"短短几句写出了上阳宫女吃苦是最多的。年轻也苦，到老了也苦。表达了诗人对宫女不幸命运的深切同情。

十四、互　文

互文是指唐诗相邻句子所用的词语互相补充，结合起来表示一个完整意义。如白居易《琵琶行》中的"主人下马客在船，举酒欲饮无管弦"，在翻译此句时，要把主人和客人一起作为整体主语进行翻译，可译为"主人和客人一起下马上船，在船上饯别设宴。"李贺《马诗》："大漠沙如雪，燕山月似钩。"中"大漠"与"燕山"互文，写出了边疆战场景色之奇特。

十五、反　语

反语又称"反讽"，是指用和本意相反的词句来表达本意。如宋之问《渡汉江》："岭外音书断，经冬复历春。近乡情更怯，不敢问来人。"诗人贬谪岭南，与家人失去联系，但思念之情却从未中断。"情更怯"与"不敢问"把诗人复杂矛盾的心理刻画得淋漓尽致，"情更切"变成了"情更怯"，"急欲问"变成了"不敢问"，体现出诗人愈接近重逢，就愈发忧虑，使之不敢面对现实。又如杜甫《奉陪郑驸马韦曲二首》（其一）："韦曲花无赖，家家恼煞人。绿樽须尽日，白发好禁春。""花无赖""好禁春""恼煞人"都是正话反说，写出了韦曲家繁花锦簇、春光无限、惹人喜爱。

十六、比　喻

思想的对象同另外的事物有了类似点，说话和写文章时就用另外的事物来比拟这思想的对象的，名叫譬喻，现在一般称为比喻。（陈望道《修辞学发凡》，上海：上海人民出版社，1976 年 7 月，第69 页）常见的比喻类型又可分为明喻、暗喻和借喻。

（一）明　喻

明喻在比喻中很常见，既有本体和喻体，又有比喻词，在修辞学中被定义为"将某一事物与另一明显事物相联系，以对该事物产生较生动有效的概念。"如贺知章《咏柳》："碧玉妆成一树高，万条垂下绿丝绦。不知细叶谁裁出，二月春风似剪刀。" 借柳树赞美春风，把春风比作剪刀，说她是美的设计者，赞美她裁出了春天，表达了作者对春天的喜爱之情。

（二）暗　喻

暗喻在修辞学中，是指通过隐含对比，将某词固有义转用于另一事物，用其比喻义。如杜甫《春望》："感时花溅泪，恨别鸟惊心。"诗人看到残败不堪的国都，伤心不已，触景生情，把这种伤情转移到花鸟上。所以花儿也落泪了，鸟儿也伤心了。

（三）借　喻

借喻又叫譬喻，是指以喻体来代替本体，本体和喻体都不出现，直接把甲（本体）说成乙（喻体）。如岑参《白雪歌送武判官归京》："北风卷地白草折，胡天八月即飞雪。忽如一夜春风来，千树万树梨花开。"诗人把"雪花"直接说成"梨花"，写出了塞外的奇丽雪景。

十七、象　征

　　象征是指根据事物之间的某种联系，借助某人某物的具体形象（象征体），来表现某种抽象的道理、思想和情感。恰当利用象征之物和被象征对象之间的某种类似的对应关系，使被象征对象得到含蓄而形象的表现。从中国古典诗歌发展历程来看，较早使用象征手法进行诗歌创作的作品是《楚辞》。如《楚辞》中的"香草美人"象征屈原忠君爱国的思想和洁白无瑕的品质。后历代诗人的"怀古诗"与"咏物诗"等更是大量运用了象征手法进行创作。如王维《相思》："红豆生南国，春来发几枝。愿君多采撷，此物最相思。"红豆又名相思豆，借指男女爱情的信物，多象征男女爱情。又如白居易《长恨歌》："春风桃李花开夜，秋雨梧桐叶落时。"此诗中"梧桐"象征离情别恨，写出了唐玄宗与杨贵妃缠绵悱恻的爱情。

十八、列　锦

　　列锦是指将几个名词或名词性短语排列构成句子，句子中没有谓语成分的一种修辞手法。没有形容词，却能写景抒情；没有动词，却能叙事述怀。如杜甫《旅夜书怀》："细草微风岸，危樯独夜舟。"六个名词六种景物组合，诗人借景抒情，暗指自己像江岸边的细草一样渺小，像江中的孤舟一样寂寥。又如温庭筠《商山早行》："鸡声茅店月，人迹板桥霜。"六个名词六种景物组合，将早行的情景写得绘声绘色，真实生动。

十九、拈　连

　　拈连是指甲乙两项说话连说时，趁便就用甲项说话所可适用的词来表现乙项观念的，名叫拈连辞。（陈望道，《修辞学发凡》，上海：上海人民出版社，1976 年 7 月，第 103 页）拈连可以使上下文联系紧密自然，将抽象的事物具体化、形象化，增强语言的生动性和深刻性。拈连的词语类型一般为动词。如张若虚《春江花月夜》："玉户帘中卷不去，捣衣砧上拂还来。""卷不去"本指帘中的月光，但诗人却用来写思妇的相思愁苦卷不去。又如李商隐《隋宫》"紫泉宫殿锁烟霞，欲取芜城作帝家。玉玺不缘归日角，锦帆应是到天涯。于今腐草无萤火，终古垂杨有暮鸦。地下若逢陈后主，岂宜重问后庭花。""锁住"原本适用于甲事物"宫殿"，但作者却用来写"烟霞"，这就是拈连。

二十、映　衬

　　映衬是指揭出互相反对的事物来相映相衬的辞格。约分为两类：一是一件事物上两种辞格两个观点的映衬，我们称之为反映；二是一种辞格一个观点上两件事物的映衬，我们称之为对衬。作用都在将相反的两件事物彼此相形，使所说的一面分外鲜明或所说的两面交相映发。（陈望道，《修辞学发凡》，上海：上海人民出版社，1976年7月，第88页）如孟浩然《过故人庄》："绿树村边合，青山郭外斜。"碧绿的树林围绕着村落，一座座青山在城墙外稍稍倾斜。绿树与青山互相映衬出村庄的清幽静谧，令人惬意无比。又如杜甫《春夜喜雨》："野径云俱黑，江船火独明。"雨夜中的田间小路，黑茫茫一片，此时只有江船上的灯火独自明亮。黑暗与明亮对比映衬出夜雨中的美丽景色，也暗含诗人对春雨的喜爱之情。

形象分析

　　形象是唐诗鉴赏最基本也是最关键的要素。唐诗形象是指诗人借以表达思想情感的具体可感的物象或画面，它可以是人物，也可以是花、草、虫、鱼等景物。简言之，唐诗形象可以分为三类：一是人物形象，指诗中塑造的人物形象和抒情主人公的自我形象；二是指写景诗或杂诗中的景物形象；三是咏物诗或杂诗中的物体形象。

一、人物形象分析

唐诗塑造人物形象的方法有两种，一是正面描写，包括人物语言、肖像、动作、心理、神态等描写；二是侧面描写，主要运用烘托渲染法和对比衬托法对人物进行描写。鉴赏人物形象的基本方法是"知人论世"法，结合诗人生平经历及诗歌创作背景，对诗中人物形象进行分析。如唐代张仲素《秋夜曲》：

> 丁丁漏水夜何长，漫漫轻云露月光。
>
> 秋壁暗虫通夕响，征衣未寄莫飞霜。

从"征衣未寄"可知抒情主人公的身份是位因丈夫远行而独守空房的思妇。"夜何长""通夕"表现了她一夜未眠，间接地反映了夜的凄清，人的孤寂，表达了思妇独守闺中的凄清孤寂。而"莫飞霜"则表现她对"身着寒衣人"的关心和惦念，从而抒发她对丈夫的关心与思念之情。

二、景物形象分析

在唐诗中，景物类型主要包括两类：一是季节、时令、地域等景物；二是农事、战争、狩猎等场面。对以上景物的描写，从色彩浓淡的角度看似明暗浓淡之色相结合，实则是色彩各异的景物相融合。如杜甫《绝句漫兴九首·其七》：

> 糁径杨花铺白毡，点溪荷叶叠青钱。
>
> 笋根雉子无人见，沙上凫雏傍母眠。

此首诗描写了一幅郊野安详、静谧的初夏图景。白色杨花飞舞铺满小径，溪中绿色荷叶密密相依，褐色笋根悄悄探头，沙上黑色野鸭母子相依而眠。通过种种景物的描写，表达了作者定居之后闲适愉悦的心情。

三、物体形象分析

　　诗人对咏物诗或杂诗中的物象进行细致刻画，使物之外在形态或表现形式与诗人内在精神品质相契合，借以抒怀感兴，托物言志。如罗隐《蜂》：

> 不论平地与山尖，无限风光尽被占。
>
> 采得百花成蜜后，为谁辛苦为谁甜？

　　蜜蜂的飞行环境不定，无论是平地，还是山峰，有花的地方都有它的身影。蜜蜂采尽百花酿成花蜜，它到底为谁如此辛苦，它又想让谁品尝花蜜香甜？诗人以蜜蜂自喻，表达自己也愿意像蜜蜂一样，劳苦一生，无私奉献，索求甚少。同时，诗歌也讽喻了当时不劳而获，占据高位，手握重权的剥削者。通过对比，诗人表达了对生活在底层的广大劳苦百姓的怜悯之情。

诗歌格律

　　诗歌的格律就是诗律，是诗歌在字数、句数、押韵、平仄、对仗等形式方面的规则。诗律主要是指近体诗的写诗规则与要求。近体诗指唐代所出现的诗歌，为了区别于古体诗，在句式、押韵、平仄、对仗等形式方面有固定规则和严格要求的诗歌。近体诗是中国古典诗词的一种形式，与古体诗相对。

　　古体诗是指唐王朝以前的诗歌及后代诗人仿照前人所作的诗。唐王朝以前的诗歌主要包括《诗经》《楚辞》《古诗十九首》、汉乐府民歌、汉魏六朝的文人诗等。

　　古体诗在字数、句式、押韵、平仄、对仗等方面，形式多样，变化万千。从诗歌语言字数分，有四言古诗，如《诗经·关雎》；有五言古诗，简称"五古"，如《古诗十九首》；有七言古诗，简称"七古"，如曹丕《燕歌行》；还有字数多寡不一的杂言诗，如李白《蜀道难》。古体诗的句式无固定要求。古体诗的押韵较宽，可押仄声韵，也可押平声韵，可每句押韵，也可隔一两句或隔三四句押韵，还可一韵到底，也可中间换韵，重韵也无妨。此外，古体诗不讲求平仄和对仗，即使偶尔用到对仗，也不要求必须工整。（刘叔新，《古典诗词的体式韵律及其运用》，北京：商务印书馆，2017 年 6 月，第 6 页）

　　近体诗又称今体诗或格律诗，萌芽于齐梁时代的"永明体"，盛行于唐代。近体诗分绝句和律诗两大类。无论绝句还是律诗，在格律上都有严格的规定，主要体现在以下几个方面。

一、字数和句数要求

　　根据字数和句数要求，近体诗可分为五言律诗、五言绝句、五言排律、七言律诗、七言绝句、七言排律，其特点如下：

（1）绝句整首四句。

（2）律诗整首八句。

（3）五言律诗或绝句每句五个字，七言律诗或绝句每句七个字。

（4）排律（长律）整首八句以上。

五言律诗如：

春　望

盛唐·杜甫

国破山河在，城春草木深。

感时花溅泪，恨别鸟惊心。

烽火连三月，家书抵万金。

白头搔更短，浑欲不胜簪。

五言绝句如：

登鹳雀楼

盛唐·王之涣

白日依山尽，黄河入海流。

欲穷千里目，更上一层楼。

五言排律如：

学诸进士作精卫衔石填海

中唐·韩愈

鸟有偿冤者，终年抱寸诚。
口衔山石细，心望海波平。
渺渺功难见，区区命已轻。
人皆讥造次，我独赏专精。
岂计休无日？惟应尽此生。
何惭刺客传，不著报雠名！

七言律诗如：

登　高

盛唐·杜甫

风急天高猿啸哀，渚清沙白鸟飞回。
无边落木萧萧下，不尽长江滚滚来。
万里悲秋常作客，百年多病独登台。
艰难苦恨繁霜鬓，潦倒新停浊酒杯。

七言绝句如：

泊　秦　淮

晚唐·杜牧

烟笼寒水月笼沙，夜泊秦淮近酒家。
商女不知亡国恨，隔江犹唱后庭花。

二、押韵要求

（1）偶句押韵，奇句不押韵，但首句可押可不押。

（2）一般情况，押平声韵，不押仄声韵（韵字依照王力《诗韵常用字表》，见附录）。

（3）一般情况，押韵句用平收式，不押韵句用仄收式。

（4）一韵到底，不能出韵。

如盛唐王维的《鸟鸣涧》：

> 人闲桂花落，
> 夜静春山空。（kōng）
> 月出惊山鸟，
> 时鸣春涧中。（zhōng）

如盛唐王之涣的《凉州词》：

> 黄河远上白云间，（jiān）
> 一片孤城万仞山。（shān）
> 羌笛何须怨杨柳，
> 春风不度玉门关。（guān）

三、平仄要求

（一）平仄声字的辨别

所谓"平仄"，指中古（六朝至唐宋时期）字音的四个声调的归类（归为平声和仄声两类）。中古字音声调分为平声、上声、去声、入声。简称"平、上、去、入"，统称"四声"。"平声"单独为一类，"上、去、入"声归为一类称"仄声"。（入声字可查王力《诗韵常用字表》）

（二）四个标准平仄句型

平声字为一类，用符号"—"表示；上声、去声、入声归为仄声字，用符号"｜"表示。根据王力先生对唐诗平仄的划分，五言律诗的标准如下。（王力，《古代汉语》（第四册），北京：中华书局，2016 年 3 月，第 1522-1531 页）

律诗四个标准平仄句型相粘

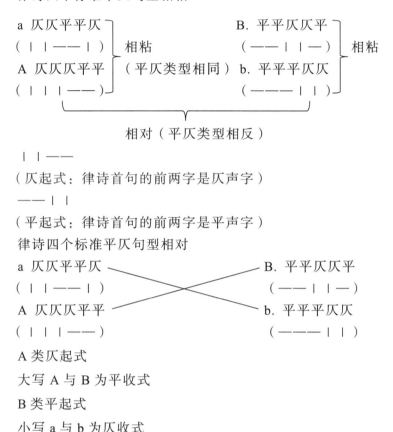

a 仄仄平平仄　　　　　　　B. 平平仄仄平
（｜｜——｜）相粘　　（——｜｜—）相粘
A 仄仄仄平平（平仄类型相同）b. 平平平仄仄
（｜｜｜——）　　　　　（———｜｜）

相对（平仄类型相反）

｜｜——
（仄起式：律诗首句的前两字是仄声字）
——｜｜
（平起式：律诗首句的前两字是平声字）

律诗四个标准平仄句型相对

a 仄仄平平仄　　　　　　　B. 平平仄仄平
（｜｜——｜）　　　　　（——｜｜—）
A 仄仄仄平平　　　　　　　b. 平平平仄仄
（｜｜｜——）　　　　　（———｜｜）

A 类仄起式
大写 A 与 B 为平收式
B 类平起式
小写 a 与 b 为仄收式

　　辨别诗句是平起式还是仄起式，应依据诗歌第一句中第二字的平仄。第二个字是平声字，则为平起式，第二个字是仄声字，则为仄起式。辨别诗句是平收式还是仄收式，应依据诗歌第一句中最后一字的平仄。最后一个字是平声字，则为平收式；最后一个字是仄声字，则为仄收式。

（三）平仄句型的组合规则（又称"粘对规则"）

（1）可以用任何一个平仄句型作为首句。
（2）每联的出句和对句要求用相对的平仄句型。五言律诗每句诗的第二字和第四字要求甚严，七言律诗每句诗的第四字和第六字要求甚严。

律诗一共八句，每两句成为一联。这样，一首律诗可分成四联。第一二句称为首联，第三四句称为颔联，第五六句称为颈联，第七八句称为尾联。每联的上句称为出句，下句称为对句。

（3）相邻两联的相邻两句，即上联的对句与下联的出句要相粘，用相粘的平仄句型。五言律诗每句诗的第二字和第四字要求甚严，七言律诗每句诗的第四字和第六字要求甚严。

（4）押韵句用平收式（大写 A 或 B 类），非押韵句用仄收式（小写 a 或 b 类）。

（四）五言律诗的粘对（七言律诗在五言律诗每句的开头加相反的平声字或仄声字，以此类推）

1. 五言律诗标准式

仄仄平平仄

平平仄仄平

平平平仄仄

仄仄仄平平

仄仄平平仄

平平仄仄平

平平平仄仄

仄仄仄平平

2. 律诗平仄要求

（1）在任何情况下，第二字的平仄不能变。

（2）律诗不允许三平调收尾，如仄仄平平平，但允许三仄调的收尾，如平平仄仄仄。

（3）避免犯孤平，慎用拗救。

3. 五言律诗孤平分析（七律以此类推）

平平仄仄平（平起平收标准式），以平声收尾的韵句，若是两仄

声字夹一平声字即 "仄平仄仄平（孤平式）" 称为"犯孤平"。根据清代王士祯的观点，律诗一句中，应有两个相连的平声字。但也有例外，如"醉多适不愁"（高适《淇上送韦司仓往滑台》）；"百岁老翁不种田"（李颀《野老曝背》）。

4. 拗救类型分析

拗句：凡平仄不依常格或标准式的句子，都叫拗句。

拗救：拗句有时可以采取补救的办法，通常在本句或邻句中，改变其他字的平仄安排，这种方法称为拗救。凡经过拗救的句子就算合律。

（1）准律句的拗救（本句自救），这种称为三拗四救（或五拗六救）。

（仄仄）平平平仄仄（标准式）

（仄仄）平平仄平仄（拗救式）

（2）孤平的拗救（本句自救）。

（仄仄）平平仄仄平（标准式）

（仄仄）仄平平仄平（拗救式）

五言律诗：在平声收尾的句子中，第一字用了仄声字，第三字用平声字补救。

七言律诗：在平声收尾的句子中，第三字用了仄声字，第五字用平声字补救。

（3）对句相救。

A. 大拗必救（仄起仄收）。

出句为（平平）仄仄平平仄→（平平）仄仄平**仄**仄。

对句为（仄仄）平平仄仄平→（仄仄）平平**平**仄平。

五言律诗出句第四字拗、七言律诗第六字拗，必须在对句的五律第三字、七律第五字用一个平声字做补救。如李商隐《登游乐园》"向晚意不适，驱车登古原"，其中出句"不"字拗，对句"登"字救。

鉴赏基础

B. 小拗可救可不救。（仄起仄收）

出句为（平平）仄仄平平仄→（平平）仄仄**仄**平仄

对句为（仄仄）平平仄仄平→（仄仄）平平**平**仄平

五言律诗出句第三字拗、七言律诗第五字拗，可以在对句的五律第三字、七律第五字用一个平声字做补救。这种小拗可以不救，但是诗人往往要救。如李白《赠孟浩然》"吾爱孟夫子，风流天下闻"，出句第三个字"孟"拗，就在对句第三个字"天"救。可见，拗救的字在同一位置。

C. 大拗与孤平拗救同用。（一般出现在第一二句和第五六句上面）

仄仄平平仄，平平仄仄平。（标准式）

仄仄平仄仄，平平平仄平。（出句第四字拗，对句第三字救，大拗必救类型）

平平仄仄平（标准式）

仄平平仄平（本句第一字拗，本句第三字救，孤平的拗救）

如孟浩然《与诸子登岘山》：

人世有代谢，往来成古今。

平仄仄仄仄，仄平平仄平

注："成"字有两用，不仅救上句，又本句自救。出句第四个字"代"字拗，对句第三个字"成"来救。同时，在本句中，为了不犯孤平，第一个"往"字拗，第三个字"成"是平声字相救。

四、对仗要求

（一）对仗定义

对仗和对偶都是唐诗的一大特点。对偶是指字数相等，句法相似的两句，成双作对排列而成的一种修辞格。（陈望道，《修辞学发凡》，上海：上海人民出版社，1976 年 7 月，第 179 页）对仗则指讲究平仄的对偶，对仗句在诗词曲赋骈文中随处可见。

律诗的对仗可以少到只用一联，就是用于颈联对仗，而颔联不对仗，又称"单联对仗"。这种单联对仗的五律，直到中唐还未绝迹。律诗虽要求对仗，但有些诗人稍存古法，偶尔在颔联也对仗。这种情形在盛唐五律中较常用。也有前三联都用对仗。就五律而言，前三联用对仗几乎与中间两联对仗的几乎差不多，因为五律首句几乎都不入韵，首联就容易形成对仗。

对仗形式有多种形式，主要包括工对、宽对、流水对、句中对、借对等，此部分内容会在最后一章格律诗写作中详细分析，兹不赘述。对仗体现了近体诗的对称美，音律美，今人作诗仿效之。

（二）对仗要求

（1）字数、句数相等。
（2）平仄相对，上联以仄声收尾，下联以平声收尾。
（3）意思相对或相反。
（4）出句与对句的字一般不得重复。
（5）律诗和排律除首尾联外，其余各联要对仗。
（6）绝句的各联可对仗，也可不对仗。
如盛唐李白《送友人》：

> 青山横北郭，白水绕东城。
> 此地一为别，孤蓬万里征。
> 浮云游子意，落日故人情。
> 挥手自兹去，萧萧班马鸣。

"此地一为别，孤蓬万里征"一句，"此地"与"孤蓬"是名词对名词，"一"与"万"是数词对数词，"别"与"征"是动词对动词；"浮云游子意，落日故人情"一句，"浮云"与"游子"是名词对名词，"落日"与"故人"是名词对名词。可见，李白《送友人》对仗十分工整，具有对称美。

山水诗

山水诗是以描写山水自然景物为主体，借以抒发作者情感的诗篇。山水诗记下诗人对祖国大好山河的深切热爱，对人生哲理的细心思索，对宇宙奥妙的执着探求。在山水美景中，既有诗人壮志难酬的苦闷，也有志在必得的豪情。

山水诗概况

山水诗在描写山水自然景物时，处处含有作者的情感。山水诗是人与自然和谐相处的一种体现，它是唐诗重要组成部分。在山水诗中，自然景物包罗万象，千姿百态，美不胜收；诗人情感丰富多样，喜怒哀乐，尽显真情。这些山水诗或雄伟壮丽，或婉约多姿；或隐于深山，或浮于闹市；或抒写清幽淡雅之境，或表达不坠青云之志。当山水与情思融为一体时，就绽放出夺目的光芒。

一、山水诗的产生与历史发展

山水诗的起源最早可以追溯至《诗经》。《诗经》是我国第一部诗歌总集，主要包括农事诗、宴飨诗、政治诗、战争徭役诗、婚姻爱情诗、祭祀诗、周民族史诗等。其描写山水的诗篇如《诗经·秦风·蒹葭》：

蒹葭苍苍，白露为霜。所谓伊人，在水一方。溯洄从之，道阻且长。溯游从之，宛在水中央。

蒹葭萋萋，白露未晞。所谓伊人，在水之湄。溯洄从之，道阻且跻。溯游从之，宛在水中坻。

蒹葭采采，白露未已。所谓伊人，在水之涘。溯洄从之，道阻且右。溯游从之，宛在水中沚。

此首诗虽写了水中之景，但并不是真正意义上的山水诗。因作者仅用水中自然景物起兴，营造氛围，渲染气氛，并没有借景抒情。除此以外，又如《诗经·大雅·崧高》：

崧高维岳，骏极于天。维岳降神，生甫及申。维申及甫，维周之翰。四国于蕃。四方于宣。

此首诗虽写了高山，但也不是重要的描写对象，作者仅用高山引出所咏之事，也不能算作是真正的山水诗。

由上可知，《诗经》中的山水自然景物多是作为人事活动的一种背景而出现，多数具有起兴的作用，以引出所歌咏的对象，并不是作者独立的山水审美对象。

若说《诗经》是山水诗萌芽期的滥觞，《楚辞》则是山水诗发展期的产物。《楚辞》描写山水自然景物的篇章主要有《九歌·湘夫人》：

> 帝子降兮北渚，目眇眇兮愁予。
> 袅袅兮秋风，洞庭波兮木叶下。
> 登白薠兮骋望，与佳期兮夕张。
> 鸟何萃兮蘋中，罾何为兮木上？
> 沅有芷兮澧有兰，思公子兮未敢言。
> 荒忽兮远望，观流水兮潺湲。

诗中所写自然景物树木、秋风、湖水、落叶、水草、渔网、芷草、兰花、江水，皆带有诗人思慕哀怨之情。

《九歌·山鬼》刻画了一位多情又脱俗的山鬼形象，也有对山水自然景物的大力刻画：

> 若有人兮山之阿，被薜荔兮带女萝。
> 既含睇兮又宜笑，子慕予兮善窈窕。
> 乘赤豹兮从文狸，辛夷车兮结桂旗。
> 被石兰兮带杜衡，折芳馨兮遗所思。
> 余处幽篁兮终不见天，路险难兮独后来。
> 表独立兮山之上，云容容兮而在下。
> 杳冥冥兮羌昼晦，东风飘兮神灵雨。
> 留灵修兮憺忘归，岁既晏兮孰华予。
> 采三秀兮于山间，石磊磊兮葛蔓蔓。
> 怨公子兮怅忘归，君思我兮不得闲。
> 山中人兮芳杜若，饮石泉兮荫松柏，君思我兮然疑作。
> 雷填填兮雨冥冥，猿啾啾兮狖夜鸣。
> 风飒飒兮木萧萧，思公子兮徒离忧。

此首诗中幽暗的林丛，山间的飘风，飞洒的阵雨，突如其来的雷鸣猿啼等景象交融在一起，表达一种哀思与悱恻。这种情景交融的写法为后来山水诗的写作提供了成功的典范。

山水诗发展至汉魏，相继出现了完整诗篇，以曹操《观沧海》为典型代表：

> 东临碣石，以观沧海。
> 水何澹澹，山岛竦峙。
> 树木丛生，百草丰茂。
> 秋风萧瑟，洪波涌起。
> 日月之行，若出其中；
> 星汉灿烂，若出其里。
> 幸甚至哉，歌以咏志。

此首诗全篇写景，尤其对波涛汹涌、吞吐日月的大海进行了动静结合的描绘。曹操借大海壮阔的景象，以抒发其壮志抱负，虽未直言建功立业的志向，我们却仿佛看到了一个诗人，一个政治家，一个军事家。从山水自然景物的描绘中，我们感受到他的壮阔胸襟，体会到他的伟大抱负。

山水诗的成熟期乃在魏晋。魏晋时期，政局动荡不安，集团纷争不断，士族门阀制盛行，形成了"上品无寒门，下品无势族"（《晋书·刘毅传》）的局面，文人命运不济。为了躲避纷争，他们亲近自然，隐居山林，把山水自然景物作为独立的审美对象，进行雕琢润色，使之具有富丽精工之美。刘勰在《文心雕龙·明诗》中也提到了山水诗的大力兴起与发展。其文曰：

宋初文咏，体有因革，庄老告退，而山水方滋，俪采百字之偶，争价一句之奇，情必极貌以写物，辞必穷力而追新，此近世之所竞也。（刘勰著，范文澜注，《文心雕龙注》，北京：人民文学出版社，2008年4月，第67页）

刘勰指出了山水诗出现于刘宋时期，受老庄哲学思想的影响。在写作特色方面，山水诗诗人注重模山范水，要把景物刻画得惟妙惟肖，栩栩如生。在诗歌语言上，讲究新奇、精准。

　　谢灵运是魏晋时期第一位大力创作山水诗的诗人，因其山水诗具有独特艺术价值而闻名于世。谢灵运所开创的山水诗，把自然界的美景引进诗中，使山水成为独立的审美对象。他的诗文创作，不仅把诗歌从"淡乎寡味"的玄理中解放了出来，而且还加强了诗歌的艺术感染力和表现力，并影响下一代诗风。谢灵运的山水诗《登池上楼》：

> 潜虬媚幽姿，飞鸿响远音。
> 薄霄愧云浮，栖川怍渊沉。
> 进德智所拙，退耕力不任。
> 徇禄反穷海，卧疴对空林。
> 衾枕昧节候，褰开暂窥临。
> 倾耳聆波澜，举目眺岖嵚。
> 初景革绪风，新阳改故阴。
> 池塘生春草，园柳变鸣禽。
> 祁祁伤豳歌，萋萋感楚吟。
> 索居易永久，离群难处心。
> 持操岂独古，无闷征在今。

此首诗写于谢灵运任永嘉太守时，诗中情感丰富，基调不定。"潜虬媚幽姿，飞鸿响远音"暗含着孤芳自赏的情调；"祁祁伤豳歌，萋萋感楚吟"感叹政治时事的变迁；"进德智所拙，退耕力不任"抒发了进退不得的苦闷。诗人借此诗表达对政敌含而不露的怨愤及归隐的志向。"池塘生春草，园柳变鸣禽"一句乃是流传后世的经典名句。池塘周围的小草，因春日来临、池水滋润，青青嫩嫩，生机勃勃，向阳而生。小园中的柳枝刚刚生出嫩芽，就吸引了小鸟，一群又一群，来来往往，啼叫连连，争相在枝头欢快歌唱。诗人所见都是乐景，但是，因久病未愈，过着独居生活，万事万物都在变化，唯独自己除了悲伤就是孤寂，没有尽头。诗人以乐景写哀情，表达归隐的志向。谢灵运追求佳句的作诗风格影响了刘宋诗坛，在这样的风格下，山水诗人的诗句更加生动形象，意蕴无穷。

除了谢灵运，东晋其他山水诗人，都有"风景不殊，正自有山河之异"（刘义庆《世说新语·言语》）的慨叹，加上受政治胁迫和军事暴力的影响，诗人失落感愈来愈强烈。从清丽无比的江南山水风物中寻求抚慰和解脱，是他们选择的行之有效的办法。在这样的背景下，山水诗创作蔚然成风。此外，在玄学思想主流的冲击下，出现了"越名教而任自然"的嵇康，"法自然而为化"的阮籍。作为魏晋名士，他们观点中的"自然"指宇宙自然万物，包括岿然不动的山，变动不居的水，自由飞翔的鸟……这些都成了他们源源不竭的精神食粮。可他们恰逢生于乱世，命运不济，后人常叹之。

山水诗的兴盛期在唐代。唐代社会经济繁荣，文化政策开明，为山水诗的繁荣提供了土壤。唐王朝是一个国富力强，诗人云集的王朝。诗人们在积极进取，追求功名利禄，报效国家前，大多都有一段漫游的经历。诗人们游山赏水，所到之处以名山大川、通都大邑为主。一方面，开阔视野，增长见闻，抒发对祖国大好河山的喜爱之情；一方面，陶冶情操，培养审美情趣，强调山水怡情养性的功能，突出人与自然的和谐。在这样的背景下，山水诗篇不断涌现，艺术成就越来越高。

唐代山水诗篇无论从数量还是质量上讲，都超越了前朝。唐代诗人以山水诗闻名的很多，代表山水诗成就的有盛唐的李白、杜甫、孟浩然、王维、储光羲、常建等；有中唐的韦应物、柳宗元等；有晚唐的杜牧、韦庄等。他们的作品较多地表达了闲适淡泊的思想情感，色彩淡雅，意境幽深，多采用五言古体和五言律绝的形式。他们创作山水诗的方法，后人竞相模仿，开创了山水诗创作繁荣的新局面。

二、山水诗的特点

山水诗是指以山水风景描写为主的诗歌。在诗中，并非山和水都同时出现，有的只写山景，有的却以水景为主。但不论水光或山色，必定都是原本的呈现，诗人描写山水状貌之美，力求栩栩如生。山水诗中的山水并不局限于荒山野外，其他经过人工点缀的名山风景区，以及城市近郊、贵族宫苑或庄园的山水亦可入诗。

山水诗以山水景物作为描写的主体，诗人通过景物的刻画，抒发内心的情感，景物特点与诗人的情感密不可分。"昔人论诗词，有景语、情语之别。不知一切景语皆情语也。"（王国维著. 滕咸惠校注，《人间词话新注》，济南：齐鲁书社，1986 年 8 月，第 47 页）其中"一切景语皆情语"就是对山水诗中"情景交融"艺术手法最重要的概括。在山水诗鼻祖谢灵运诗中，我们看到除了"山"与"水"常见的景象外，"云"也是诗中常写之景。《悲哉行·萋萋春草生》写到"檐上云结阴，涧下风吹清"，屋檐上乌云密布，笼罩着诗人忧愁苦闷的心；《过始宁墅》写到"白云抱幽石，绿筱媚清涟"，白云与山石相拥，暗含了诗人孤寂冷清的心境；《游南亭》"时竟夕澄霁，云归日西驰"与《登江中孤屿》"云日相辉映，空水共澄鲜"，云与日相随相映，表达了诗人竞争朝夕、积极向上的心态。在谢灵运山水诗中，不难发现其山水诗的特点主要有以下几点：

（1）诗歌内容方面，模山范水，在局部景物描写中，通过细腻的观察与把握，及生动形象的画面刻画，在表现观物的情思韵味的同时，也体现了景物与情思的交融。

（2）诗歌角度方面，从声、光、色的角度对景物进行生动的描绘，重点突出画面的色彩丰富与明暗对比。

（3）诗歌语言形式方面，追求骈偶对仗，促进了"永明体"诗歌的出现，影响了浓艳的齐梁诗风。

唐代山水诗常见意象姿态万千，缤彩纷呈。有峨眉山的清秀，有华山的险峻，有终南山的清幽，有太白峰的雄奇，有泰山的磅礴，有天门山的神奇，有庐山的壮丽……有长江水的平静，有黄河水的奔腾，有蜀江水的碧绿，有海水的靓蓝，有洞庭湖水的幽深，有瀑布的壮阔，有钱塘湖的明媚……山水相连，祖国的山川之美尽在唐诗中。

唐代山水诗派诗歌风格特点是淡远。胡应麟在《诗数》中，把王维、孟浩然与高适、岑参相比较："王孟闲淡自得，高岑悲壮为宗。"胡震亨引《震泽长语》中提到王维的山水诗特点是"淳古澹泊"，其言曰："摩诘以淳古澹泊之音，写山林闲适之趣，如辋川诸诗，真一片水墨不着色画。"（胡震亨，《唐音癸籤》，上海：上海古籍出版社，1981 年 5 月，第 46 页）胡震亨又在《唐音癸籤》中，引用徐献忠评孟浩然语:"襄阳气象清远,心惊孤寂,故其出语洒落,洗脱凡近,读之浑然省净,真彩自复内映。虽藻思不及李翰林,秀调不及王右丞,而闲澹疏豁,悠悠自得之趣,亦有独长。"(胡震亨,《唐音癸籤》,上海:上海古籍出版社,1981年5月,第48页)综上,唐代山水诗特点主要有以下几点:

（1）山水诗大都具有"诗中有画,画中有诗"的特征,突出山水诗人对景物的描摹十分逼真,活灵活现。

（2）经典的山水诗总是包含着作者深刻的人生体验,不单是模山范水而已。诗人借山水或抒发归隐后的田趣,或抒发时局动荡的隐忧,或抒发建功立业的宏伟抱负……

（3）山水诗艺术风格,以淡远最为突出。诗人以恬淡之心,写山水清晖,意境悠远,辞气闲淡。

山水诗鉴赏

山水诗传世名篇较多,下面仅以孟浩然《望洞庭湖赠张丞相》和王维《山居秋暝》为例,从表达方式、修辞手法、形象分析、诗歌格律等方面进行山水诗鉴赏。

一、孟浩然《望洞庭湖赠张丞相》

八月湖水平,涵虚混太清。

气蒸云梦泽,波撼岳阳城。

欲济无舟楫,端居耻圣明。

坐观垂钓者,徒有羡鱼情。

此首诗是孟浩然投赠给张九龄的干谒诗,大致作于唐玄宗开元二十一年（733年）。孟浩然西游长安,张九龄时任秘书少监、集贤院学士,知院事,享有声望。后张九龄拜中书令,孟浩然赠与此诗,想要得到张九龄的引荐和赏识。

开头两句采用记叙的表达方式，先交代时间是"八月"，再正面描写浩瀚的湖水。湖水和天空浑然一体，景象阔大无比。第二四两句，从湖面写到湖中倒映的景物，由远及近，继续叙写湖面的广阔。笼罩在湖上的水气蒸腾，吞没了云、梦两泽。"云"与"梦"是古代两个湖泽的名称，据说云泽在江北，梦泽在江南，后来大部分都淤成陆地。西南风起时，波涛奔腾，涌向东北岸，好像要摇动岳阳城似的。

诗歌前四句采用动静结合的手法，将洞庭湖的壮丽景象形象生动地展现出来。第五六两句采用抒情的表达方式，表达诗人积极入世的意愿。诗人面对浩浩的湖水，"欲济无舟楫"从眼前景物出发，联想到自己还是在野之身，要走上仕途之路却没有人引荐，正如想渡过湖心，却没有船只一样。诗人触景生情，感叹仕途的渺茫。诗歌最后两句直抒胸臆，向张丞相发出呼吁，希望能被重用。诗人独坐在湖边观看那些垂竿钓鱼的人，十分羡慕，也暗含自己想要大展宏图的志向。"垂钓者"比喻当朝执政的人物，此处可指张丞相。

作为干谒诗，最重要的是要语言得体，称颂对方要有度，不失分寸。措辞要委婉含蓄，表达要直奔主题，这样的干谒诗才是好诗。这首诗委婉含蓄，不落俗套，艺术上也有特色，通过写洞庭湖的美景，从而表达自己希望得到贵人提拔的心声。在这里，山水诗中的山水形象，已不再是山水原形的描摹，也不是简单地加入了自己的情感，而是采用了借景抒情的表现手法，将山水形象的刻画与自我思想感情及性情气质的展现融合在一起，使其山水诗中的山水壮丽形象达到了前所未有的高度，成为诗歌中重要的意象。

二、王维《山居秋暝》

> 空山新雨后，天气晚来秋。
> 明月松间照，清泉石上流。
> 竹喧归浣女，莲动下渔舟。
> 随意春芳歇，王孙自可留。

这首诗应是王维隐居终南山辋川别业时所作。诗中所写内容是初秋时节，诗人雨后黄昏所见的美丽景色。

首联采用记叙的表达方式，写雨后山中秋景图，山中无人，松间明月，泉水叮咚，犹如世外桃源。山雨初霁，万物为之一新，又是初秋的傍晚，空气之清新，景色之美妙，略显清幽宁静之风。

颔联采用描写的表达方式，对仗十分工整。写天色已晚，月照松林，山泉清洌，淙淙流泻于山石之上，有如一条洁白无瑕的素练，在月光下闪闪发光，生动形象地表现了清幽明净的自然美。诗人自己是心志高洁的人，这月下青松和石上清泉，正是他所追求的理想境界。这两句以动写静，把夜的静谧通过月光流泻、清泉潺流刻画得尤为生动。写景如画，随意洒脱，毫不着力却动人又自然，艺术上达到了炉火纯青的地步。

颈联从由远及近的描写角度，写竹林里传来了一阵阵的欢声笑语，那是一些天真无邪的姑娘们洗罢衣服笑着归来了；亭亭玉立的荷叶纷纷向两旁散开，掀翻了无数珍珠般晶莹的水珠，那是顺流而下的渔舟划破了荷塘月色的宁静。此句巧妙使用了倒装句式，按客观环境中的动作顺序展开，大大增强了画面的动态感和鲜活性。诗人先写"竹喧"再写"莲动"，因为浣女隐在竹林之中，渔舟被莲叶遮蔽，起初未见，等听到竹林喧声，看到莲叶田田，才发现浣女、莲舟。这样写诗更富有真情实感，更富有诗意。诗人借景抒情，借这和谐美好的生活图景，抒发对闲适无忧无虑生活的向往，同时也从反面衬托出他对黑暗官场的厌恶。

尾联写春光已逝，但秋景更佳，诗人愿意留下来，有感而发。此句使用了借典抒情的手法，反用淮南小山《招隐士》中"王孙兮归来，山中兮不可久留"的意思，王孙实亦自指，反映出无可无不可的襟怀，以及喜归自然，寄情山水，崇尚恬静、淡泊的田园生活，不愿同流合污的感受。

全诗运用白描手法进行描摹，首先抓住山村秋天傍晚特有的景色，泉水、青松、翠竹、碧莲，可以说都是诗人高尚情操的写照，都是诗人理想境界的环境烘托。其次是采用动静结合艺术手法，"明月松间照"是静态描写，"清泉石上流""竹喧归浣女""莲动下渔舟"

是动态描写。作者将静态描写与动态描写相互映衬，不仅使全诗充满诗情画意，而且流露出了诗人归隐深山的乐趣。

三、山水诗推荐阅读诗篇

唐代山水诗以其对山水景物的描绘，对祖国山川河流的颂扬，生动传神。山水诗语言凝练，诗歌韵律和谐，山水诗人名垂诗史。唐代山水诗运用了前代山水诗借景抒情的写作特点，实现了山水诗怡情养心功用，又对后世山水诗创作产生较大的影响，在中国古典诗歌发展史上占有非常重要的地位。唐代山水诗人及作品推荐如下。

1. 盛唐·王之涣

登鹳雀楼

白日依山尽，黄河入海流。
欲穷千里目，更上一层楼。

凉州词

黄河远上白云间，一片孤城万仞山。
羌笛何须怨杨柳？春风不度玉门关。

2. 盛唐·孟浩然

秋登兰山寄张五

北山白云里，隐者自怡悦。
相望试登高，心随雁飞灭。
愁因薄暮起，兴是清秋发。
时见归村人，平行渡头歇。
天边树若荠，江畔洲如月。
何当载酒来，共醉重阳节。

与诸子登岘首山

人事有代谢，往来成古今。
江山留胜迹，我辈复登临。
水落鱼深浅，天寒梦泽深。
羊公碑尚在，读罢泪沾襟。

3. 盛唐·綦毋潜

春泛若耶溪

幽意无断绝，此去随所偶。
晚风吹行舟，花路入溪口。
际夜转西壑，隔山望南斗。
潭烟飞溶溶，林月低向后。
生事且弥漫，愿为持竿叟。

4. 盛唐·王维

终南山

太乙近天都，连山接海隅。
白云回望合，青霭入看无。
分野中峰变，阴晴众壑殊。
欲投人处宿，隔水问樵夫。

青 溪

言入黄花川，每逐青溪水。
随山将万转，趣途无百里。
声喧乱石中，色静深松里。
漾漾泛菱荇，澄澄映葭苇。
我心素已闲，清川澹如此。
请留盘石上，垂钓将已矣。

竹里馆

独坐幽篁里，弹琴复长啸。

深林人不知，明月来相照。

归嵩山作

清川带长薄，车马去闲闲。

流水如有意，暮禽相与还。

荒城临古渡，落日满秋山。

迢递嵩高下，归来且闭关。

鸟鸣涧

人闲桂花落，夜静春山空。

月出惊山鸟，时鸣春涧中。

汉江临泛

楚塞三湘接，荆门九派通。

江流天地外，山色有无中。

郡邑浮前浦，波澜动远空。

襄阳好风日，留醉与山翁。

5. 盛唐·李白

登太白峰

西上太白峰，夕阳穷登攀。

太白与我语，为我开天关。

愿乘冷风去，直出浮云间。

举手可近月，前行若无山。

一别武功去，何时复见还？

登峨眉山

蜀国多仙山，峨眉邈难匹。
周流试登览，绝怪安可悉？
青冥倚天开，彩错疑画出。
泠然紫霞赏，果得锦囊术。
云间吟琼箫，石上弄宝瑟。
平生有微尚，欢笑自此毕。
烟容如在颜，尘累忽相失。
倘逢骑羊子，携手凌白日。

望庐山瀑布

日照香炉生紫烟，遥看瀑布挂前川。
飞流直下三千尺，疑是银河落九天。

望天门山

天门中断楚江开，碧水东流至此回。
两岸青山相对出，孤帆一片日边来。

庐山谣寄卢侍御虚舟

我本楚狂人，凤歌笑孔丘。
手持绿玉杖，朝别黄鹤楼。
五岳寻仙不辞远，一生好入名山游。
庐山秀出南斗傍，屏风九叠云锦张，影落明湖青黛光。
金阙前开二峰长，银河倒挂三石梁。
香炉瀑布遥相望，回崖沓嶂凌苍苍。
翠影红霞映朝日，鸟飞不到吴天长。
登高壮观天地间，大江茫茫去不还。
黄云万里动风色，白波九道流雪山。
好为庐山谣，兴因庐山发。
闲窥石镜清我心，谢公行处苍苔没。
早服还丹无世情，琴心三叠道初成。
遥见仙人彩云里，手把芙蓉朝玉京。
先期汗漫九垓上，愿接卢敖游太清。

6. 盛唐·崔颢

黄鹤楼

昔人已乘黄鹤去，此地空余黄鹤楼。
黄鹤一去不复返，白云千载空悠悠。
晴川历历汉阳树，芳草萋萋鹦鹉洲。
日暮乡关何处是？烟波江上使人愁。

行经华阴

岩峣太华俯咸京，天外三峰削不成。
武帝祠前云欲散，仙人掌上雨初晴。
河山北枕秦关险，驿树西连汉畤平。
借问路旁名利客，无如此处学长生。

7. 盛唐·常建

题破山寺后禅院

清晨入古寺，初日照高林。
竹径通幽处，禅房花木深。
山光悦鸟性，潭影空人心。
万籁此都寂，但余钟磬音。

8. 盛唐·杜甫

望　岳

岱宗夫如何？齐鲁青未了。
造化钟神秀，阴阳割昏晓。
荡胸生层云，决眦入归鸟。
会当凌绝顶，一览众山小。

登岳阳楼

昔闻洞庭水，今上岳阳楼。

吴楚东南坼，乾坤日夜浮。

亲朋无一字，老病有孤舟。

戎马关山北，凭轩涕泗流。

9. 中唐·张继

枫桥夜泊

月落乌啼霜满天，江枫渔火对愁眠。

姑苏城外寒山寺，夜半钟声到客船。

10. 中唐·戴叔伦

题稚川山水

松下茅亭五月凉，汀沙云树晚苍苍。

行人无限秋风思，隔水青山似故乡。

11. 中唐·韦应物

滁州西涧

独怜幽草涧边生，上有黄鹂深树鸣。

春潮带雨晚来急，野渡无人舟自横。

12. 中唐·刘禹锡

竹枝词

（一）

杨柳青青江水平，闻郎江上唱歌声。

东边日出西边雨，道是无晴还有晴。

楚水巴山江雨多，巴人能唱本乡歌。

今朝北客思归去，回入纥那披绿罗。

望洞庭

湖光秋月两相和，潭面无风镜未磨。

遥望洞庭山水翠，白银盘里一青螺。

13. 中唐·白居易

钱塘湖春行

孤山寺北贾亭西，水面初平云脚低。

几处早莺争暖树，谁家新燕啄春泥。

乱花渐欲迷人眼，浅草才能没马蹄。

最爱湖东行不足，绿杨阴里白沙堤。

长相思

汴水流，泗水流。流到瓜洲古渡头，吴山点点愁。

思悠悠，恨悠悠。恨到归时方始休，月明人倚楼。

深画眉，浅画眉。蝉鬓鬅鬙云满衣，阳台行雨回。

巫山高，巫山低。暮雨潇潇郎不归，空房独守时。

14. 中唐·柳宗元

江 雪

千山鸟飞绝，万径人踪灭。

孤舟蓑笠翁，独钓寒江雪。

渔 翁

渔翁夜傍西岩宿，晓汲清湘燃楚竹。

烟销日出不见人，欸乃一声山水绿。

回看天际下中流，岩上无心云相逐。

15. 晚唐·杜牧

长安秋望

楼倚霜树外，镜天无一毫。
南山与秋色，气势两相高。

田园诗

唐代田园诗是以农夫、牧人、渔夫等劳动场面和农村乡野景物为题材，歌咏田园生活之快乐，反映田园风光之静美，抒发诗人对田园生活的向往和热爱之情的诗篇。当然，若是单一描写农村农夫劳动生活琐事，并无诗人喜爱之情的诗篇，则是农事诗。若是描写农夫劳作及农夫困苦生活，言田园之苦，表达对农夫深切同情和怜悯之心的诗篇，则是悯农诗。因此，田园诗不是农事诗，也不是悯农诗，它是诗人对田园生活充满向往和热爱之情的诗篇。

田园诗在中国古典诗歌史上，由来已久，名家云集。田园诗人给我们描绘的田园风光，恬静自然；给我们讲述的乡野故事，亲切动人；给我们留下的生活画卷，悠闲宁静。

一、田园诗的产生与历史发展

田园诗的产生最早可追溯至先秦时期的《诗经》,《诗经·周南·芣苢》《诗经·魏风·十亩之间》以表现"田家乐"为主题。

芣　苢

采采芣苢，薄言采之。采采芣苢，薄言有之。
采采芣苢，薄言掇之。采采芣苢，薄言捋之。
采采芣苢，薄言袺之。采采芣苢，薄言襭之。

此首诗描写了妇女们于春日采摘茂盛芣苢的热烈场面和欢快气氛，富有田园气息。

十亩之间

十亩之间兮，桑者闲闲兮，行与子还兮。
十亩之外兮，桑者泄泄兮，行与子逝兮。

此首诗描绘了一幅桑园晚归图。落日时分，黑幕降临，牛羊下山，炊烟四起。落日余晖透过碧绿的桑叶照进一片广阔的桑园。辛勤劳作的采桑女，准备归家了。桑园里响起她们呼伴唤友的声音，渐行渐远，余音袅袅。诗歌以轻松的旋律，写出了采桑女劳作时的愉悦。

汉代的田园诗受政治环境、经济环境的影响，数量不多。汉代城市经济发展较快，出现了许多繁华的大都市，文人士大夫以帝王宫廷生活和都市繁华为主要题材，借以歌功颂德，留下了鸿篇巨制之文汉赋。而反映农村生活的田园诗在这一时期并不多见，汉乐府《江南》为其代表，成就较高。

江　南

> 江南可采莲，莲叶何田田。
> 鱼戏莲叶间。
> 鱼戏莲叶东，鱼戏莲叶西，
> 鱼戏莲叶南，鱼戏莲叶北。

此首诗描绘了一幅江南女子采莲嬉戏图。一望无际的碧绿荷叶，莲叶下欢快追逐嬉戏的鱼儿，划破荷塘泛舟水面的小船，欢声笑语的男男女女……种种景象构成了一幅江南风光图。诗歌以固定的旋律，描写了采莲时的光景，表达了采莲人欢乐的心情。

魏晋时期的田园诗以西晋和东晋为主，西晋则有张协的《杂诗·结宇穷冈曲》：

杂　诗

> 结宇穷冈曲，耦耕幽薮阴。
> 荒庭寂以闲，幽岫峭且深。
> 凄风起东谷，有渰兴南岑。
> 虽无箕毕期，肤寸自成霖。
> 泽雉登垄雊，寒猿拥条吟。
> 溪壑无人迹，荒楚郁萧森。
> 投耒循岸垂，时闻樵采音。
> 重基可拟志，回渊可比心。
> 养真尚无为，道胜贵陆沉。
> 游思竹素园，寄辞翰墨林。

这首诗前一二句"结宇穷冈曲，耦耕幽薮阴"点明归隐地点及环境，第三四句"荒庭寂已闲，幽岫峭且深"，进一步渲染隐居环境的幽寂冷清。"泽雉登垄雊，寒猿拥条吟。溪壑无人迹，荒楚郁萧森。投耒循岸垂，时闻樵采音"则描写深山野雉，猿生哀吟，人迹罕至，草木繁茂的荒僻景象。诗人借此景象，表达崇尚无为的思想。诗歌最后几句，写漫步闲游，寄情山水，再次表达了归隐避世的志趣。整首诗风格高雅，描写自然，返璞归真，情景交融，被后世认为是首完整的田园诗。

东晋时期，受玄学思想的影响，玄言诗独占整个诗坛。东晋诗人陶渊明的出现，用田园诗打开了诗歌创作的另一扇窗。陶渊明的出现与存在是中国士大夫精神上的一个归宿。许多诗人仕途失意或厌倦了官场时，往往学习并效仿陶渊明，从他身上寻找隐士的人生价值，并借以安慰自己，白居易、苏轼、陆游、辛弃疾等莫不如此。于是，"不为五斗米折腰"也就成了中国士大夫精神世界的一座堡垒，用以保护自己出处选择的自由。（袁行霈，《中国文学史》（第三版第二卷），北京：高等教育出版社，2019 年 8 月，第 70 页）陶渊明的田园诗以田园风光为题材，以躬耕劳作的体验为视角，把田园之乐、闲适之趣、高雅之量，淋漓尽致地展现出来。如《归园田居·其一》：

> 少无适俗韵，性本爱丘山。误落尘网中，一去三十年。
> 羁鸟恋旧林，池鱼思故渊。开荒南野际，守拙归园田。
> 方宅十余亩，草屋八九间。榆柳荫后檐，桃李罗堂前。
> 暧暧远人村，依依墟里烟。狗吠深巷中，鸡鸣桑树颠。
> 户庭无尘杂，虚室有余闲。久在樊笼里，复得返自然。

这首诗通过写十余亩宅地，八九间草屋，后檐的榆柳，罗堂前的桃李，偏远的村落，冉冉升起的炊烟，深巷中的狗吠声，桑树巅头的鸡鸣叫的田园生活场面，表达了回归田园后的闲适恬淡之感。"久在樊笼里，复得返自然"则直抒胸臆，进一步表达了返璞归真后的喜悦心情。陶渊明对后世诗人影响较大，以王维、孟浩然为代表的盛唐田园诗人，传承了陶渊明田园诗风，在盛唐田园诗派中独占鳌头。

南朝诗歌题材以王公贵族的宫廷生活为主，诗歌题材狭窄；诗歌推崇绮艳秾丽的诗风，用典繁复，辞藻华丽，偏离了田园诗的诗歌风格。但也有几位诗人的作品属于田园诗，如鲍照《拟古诗八首》中有几首是描写田园隐逸生活的；江淹《拟陶征君田居》表达了归隐田园的志趣；谢朓《赋贫民田》既有对美好田园风光的描写，也有对农民疾苦的关心及对农业的重视。

北朝田园诗歌以庾信《归田》为典型代表，其诗歌内容如下：

> 务农勤九谷，归来嘉一廛。穿渠移水碓，烧棘起山田。
>
> 树荫逢歇马，鱼潭见酒船。苦李无人择，秋瓜不值钱。
>
> 社鸡新欲伏，原蚕始更眠。今人张平子，翻为人所怜。

诗中描写了田园事务，穿渠引水，烧棘辟田，还详细描绘了"苦李无人择，秋瓜不值钱"等素朴感伤的田园景象，并以张衡自喻，表达了诗人归隐田园后的隐逸之乐。除《归田》一诗，庾信在汉赋《小园赋》中，通过写数亩蔽庐的小院，闲居隐逸之乐，表达乡关之思和亡国之痛，并流露出归田的愿望。

唐代的田园诗可谓是流光溢彩，蔚为大观。初唐田园诗人有王绩、刘希夷、王勃、卢照邻、宋之问等；盛唐田园诗人有孟浩然、王维、储光羲、杜甫等；中唐田园诗人有元结、韦应物、刘长卿、钱起、白居易、元稹、柳宗元、李德裕等；晚唐田园诗人有皮日休、陆龟蒙、杜荀鹤、吴融、徐寅等。他们在田园牧歌中，或写真实，或写虚幻，千种情，万种意，在田园诗史上，名垂千古，流芳百世。

初唐诗人王绩的三仕三隐经历，在田园诗里化作甘露，滋养着一颗渴望过闲居生活的心。王绩《田家·平生唯酒乐》："平生唯酒乐，作性不能无。朝朝访乡里，夜夜遣人酤。家贫留客久，不暇道精粗。抽帘持益炬，拨簧更燃炉。恒闻饮不足，何见有残壶。"写出了在乡野的洒脱与放达。

盛唐诗人储光羲一生仕途不得志，乡间隐居时间长达十余年。储光羲的田园诗多以朴实的老农形象与口吻，表达对田园生活的真挚热爱。储光羲《田家杂兴八首》："春至鸧鹒鸣，薄言向田墅。不能自力作，黾勉娶邻女。既念生子孙，方思广田圃。闲时相顾笑，喜悦好禾黍。"正因为这份真挚，储光羲的田园诗获得了好评。明代钟惺与谭元春高度评价储光羲诗歌特点，曰："储诗清骨灵心，不减王、孟上。一片深淳之气，装裹不觉，人不得只以清灵之品目之。所谓诗文妙用，有隐有秀，储盖兼之矣。"（钟惺、谭元春选评；

张国光点校，《诗归》，武汉：湖北人民出版社，1985 年 5 月，第 134 页）

中唐诗人柳宗元因厌弃黑暗的政治，积极主动参加政治革新活动，失败后，屡次被贬。因此，柳宗元的田园诗情感基调多数是萧瑟凄凉，但也有少数田园诗情感基调是轻松愉快的。如《田家三首》其三："古道饶蒺藜，萦回古城曲。蓼花被堤岸，陂水寒更绿。是时收获竟，落日多樵牧。风高榆柳疏，霜重梨枣熟。行人迷去住，野鸟竞栖宿。田翁笑相念，昏黑慎原陆。今年幸少丰，无厌饘与粥。"诗人所写田园之景真切自然，毫不雕琢，以农夫的丰收喜悦之情表达了闲适恬淡生活的乐趣。

晚唐诗人陆龟蒙拥有百亩地。闲暇时间，挂一副蓬席，携一小壶茶，或读一页书，或泛舟湖上，或垂钓于太湖。长期隐居生活为他创作田园诗提供了灵感，吟咏性情，只在一山一水间。田园诗如陆龟蒙《樵人十咏》所写樵家生活画面有樵风、樵火、樵歌、樵溪、樵家、樵径、樵斧、樵担、樵叟、樵子。《樵人十咏·樵子》："生自苍崖边，能谙白云养。才穿远林去，已在孤峰上。薪和野花束，步带山词唱。日暮不归来，柴扉有人望。"诗中"樵子"形象十分淳朴，诗人把他的生活环境，人物形象特点，劳作日常等方面，逐一托出，描绘了樵子简约舒适的生活画面，表达了对田园生活的喜爱。

二、田园诗的特点

田园诗的写作对象主要包括田园生活与隐居生活。田园诗常见意象有劳作农夫、竹篱茅舍、鸡鸣狗吠、深山流水、菊花壶酒、渔樵耕读、牧童黄牛、邻里乡亲、炊烟、桑麻、桑榆、桃李、麦苗、豆苗、禽雀、眠蚕等，这些意象组合在一起，形成一幅郊野图，清新优美，宁静和谐，而且富有生活气息。隐居类常见意象有野径、古木、荆扉、柴门、空林、空山、鸾鹤、孤云、林叟、幽人、樵夫等，这些意象在田园诗中，塑造静谧自然、幽冷荒僻的意境，暗含诗人远离尘俗的心愿。

田园诗常见修辞手法有比喻、拟人，艺术手法有借景抒情、寓情于景、情景交融、以乐景衬哀情、白描、工笔、动静结合、虚实相生等。诗人从正面描写和侧面描写相结合的角度，从视觉、听觉、味觉、嗅觉、触觉等方面，对田园景象进行描绘，从而表达诗人丰富的情感。

　　诗人在田园诗中，主要表达的情感内容有以下几个方面：

　　（1）表达对田园生活的喜爱之情。如陶渊明《归园田居》。

　　（2）表达对官场仕途生活的厌倦，对现实的不满，对田园宁静平和生活的向往。如王维《山居秋暝》。

　　（3）表达一种从容闲适、悠然自得的生活态度。如王驾《社日》。

　　（4）表达对出世与入世如何选择的深深思索。如孟浩然《仲夏归汉南园寄京邑耆旧》。

　　（5）表达对邻里乡亲和睦相处的珍视与不舍。如储光羲《田家杂兴八首》。

　　田园诗的语言风格以纯净自然、质朴无华、清新洗练为主。陶渊明田园诗以清新优美的风光、淳朴真挚的田家、悠闲宁静的生活为基本内容，构成理想模式，与世俗对立。（葛晓音，《山水田园诗派研究》，沈阳：辽宁大学出版社，1993年1月，第85页）在他之后，诗人的田园理想有了标杆，诗人也寻找到了属于自己的一方净土。

田园诗鉴赏

　　初盛唐和中晚唐的田园诗因时代背景不同，诗人们在田园诗中的追求也不尽相同。就如罗宗强先生所言："盛唐诗人的向往自然，归卧自然，是一种自觉的美的追求，是在盛世中追求一种精神的享受，往往于隐逸生活中带着对于人世生活的热烈爱恋；对于世外的自然的美的追求，常常表现的是强烈的入世情思。而晚唐这个时期，诗人们追求的隐逸生活，却是在乱世中寻找一个安身之地，在精神上寻找一点慰藉与寄托。由于这一点，晚唐诗人在诗中表现的淡泊情思与淡泊境界，便处处反映出精神的空虚。"（罗宗强，《隋唐五代文学思想史》，北京：中华书局，2003 年 10 月，第 261 页）因此，鉴赏唐代的田园诗，需要结合"四唐说"的政治背景，采用"诗史互证"的方法。

一、李白《下终南山过斛斯山人宿置酒》

> 暮从碧山下，山月随人归。
> 却顾所来径，苍苍横翠微。
> 相携及田家，童稚开荆扉。
> 绿竹入幽径，青萝拂行衣。
> 欢言得所憩，美酒聊共挥。
> 长歌吟松风，曲尽河星稀。
> 我醉君复乐，陶然共忘机。

李白作此诗时，正在长安任供奉翰林，这是他第二次入京城长安。

诗人先用记叙的表达方式，描写了月夜独自一人到长安南面的终南山去拜访一位姓斛斯的隐士。夜走碧山，山月做伴。诗人采用拟人手法，写"月"的多情，表达眷顾之义。"却顾所来径"采用侧面描写的方法，写出了离开终南山时的依依不舍之情。"苍苍横翠微"采用正面描写的方法，写出了暮色苍苍中的山林之幽静。"绿竹入幽径，青萝拂行衣"，使用渲染的艺术手法，写出了田家小院的清幽，流露出诗人一丝惊喜之情。在"欢言得所憩，美酒聊共挥"中，一个"挥"字的细节动作描写，刻画了一个开怀畅饮且神情飞扬的人物形象。"长歌吟松风，曲尽河星稀。我醉君复乐，陶然共忘机。"诗人与隐士开怀畅饮，畅聊至深夜，已忘记了世俗的烦恼，有一种"偷得浮生半日闲"的惬意与恬美。

此诗受陶渊明田园诗的影响，以田家、饮酒为主要内容。细细品味，陶渊明的田园诗风格平淡自然，以白描手法为主，如"暧暧远人村，依依墟里烟""道狭草木长，夕露沾我衣""采菊东篱下，悠然见南山"等，抒发对田园生活的喜爱之情。而李白这首田园诗风格绚丽如画，以工笔手法为主，如"却顾所来径，苍苍横翠微""绿竹入幽径，青萝拂行衣。欢言得所憩，美酒聊共挥。"由此抒发对田家生活的称羡之情。总之，从这首田园诗，既可以看到神情淡泊的陶渊明，又可以看到洒脱豪放的李白。

二、杜甫《江村》

> 清江一曲抱村流，长夏江村事事幽。
> 自去自来堂上燕，相亲相近水中鸥。
> 老妻画纸为棋局，稚子敲针作钓钩。
> 但有故人供禄米，微躯此外更何求？

安史之乱爆发后，杜甫几经辗转，颠沛流离到成都后，在好友严武等人的帮助下，在成都西边浣花溪畔，修筑了一座草屋，现称"杜甫草堂"，又叫"浣花草堂"，此首诗就作于草堂。

首联采用记叙和描写相结合的表达方式，叙述了眼前所见景象十分清幽。一条弯弯曲曲的清江水环绕着村子细细流淌，水质澄净，村落安宁清幽，诗人油然升起欣喜之情。一个"抱"字用拟人的修辞手法，生动形象地写出了清江与村落相互依偎，互不分离的样子。清江环绕村庄，村庄陪伴河流。

颔联采用由远及近的描写方法，由远处的清江水转到眼前的"堂上燕""水中鸥"。小燕子就像活泼的小孩子一样，往来自在，十分快乐；水中的白鸥们就像情侣一样，追逐嬉戏，十分恩爱。也许"相亲相近水中鸥"诗句的灵感来源于南朝诗人何逊的"可怜双白鸥，朝夕水上游"，此种景象，更添闲暇时光的乐趣。

颈联通过细节描写，写出了老妻与孩子优哉游哉的生活画面，让作者感受到亲情的温暖。一个"画"字，一个"敲"字，生动传神地写出了人物的内心情感及生活状态，也从侧面反映出诗人对这种闲适恬淡生活的喜爱与珍惜之情。

尾联采用反问的修辞手法，表达了对友人相助的感激之情。诗人由眼前之景和乐安宁的生活，想到友人赠送的粮食和俸禄，心存

田园诗鉴赏

感激，再无他求。同时，也从侧面反映了杜甫寄居成都时，生活的不易、辛酸与落魄。

这首诗语言简练生动，明白晓畅。在幽静的环境中，诗人笔法细腻，描画了优美恬淡的自然景物和真实人物，除了恬淡的自然画面，还有闲适温馨的生活情趣。诗人借此抒发了对田园生活的满足和欣喜。

三、田园诗推荐阅读诗篇

田园诗是以歌咏农村宁静悠闲生活为题材的诗歌，是诗人向往田园生活的蓝图。在仕途坎坷的时候，诗人走向田园，放下包袱，诗意地看田园生活中的美好与惬意。鉴于此，田园诗的主要功能体现在调节诗人变化无常的情绪，平衡情感，怡情养心。田园诗的鉴赏应注意：第一，从创作题材上来看，田园诗是唐代最重要的诗歌流派之一。第二，从创作内容上看，在田园诗中，一部分诗人借田园诗表达政治失意后的忧郁，感叹生不逢时，对田园生活充满向往之情。第三，从功能作用上看，田园诗作为诗人们的精神家园，主要用来调整心态，修养身心，怡情悦性。唐代田园诗人及作品推荐如下。

1. 初唐·王绩

秋夜喜遇王处士

北场芸藿罢，东皋刈黍归。
相逢秋月满，更值夜萤飞。

2. 初唐·王勃

春 庄

山中兰叶径，城外李桃园。
岂知人事静，不觉鸟声喧。

3. 初唐·张九龄

答陆澧

松叶堪为酒，春来酿几多？

不辞山路远，踏雪也相过。

4. 盛唐·孟浩然

过故人庄

故人具鸡黍，邀我至田家。

绿树村边合，青山郭外斜。

开轩面场圃，把酒话桑麻。

待到重阳日，还来就菊花。

途次望乡

客行愁落日，乡思重相催。

况在他山外，天寒夕鸟来。

雪深迷郢路，云暗失阳台。

可叹凄惶子，高歌谁为媒。

采樵作

采樵入深山，山深树重叠。

桥崩卧槎拥，路险垂藤接。

日落伴将稀，山风拂萝衣。

长歌负轻策，平野望烟归。

田园作

弊庐隔尘喧，惟先养恬素。
卜邻近三径，植果盈千树。
粤余任推迁，三十犹未遇。
书剑时将晚，丘园日已暮。
晨兴自多怀，昼坐常寡悟。
冲天羡鸿鹄，争食羞鸡鹜。
望断金马门，劳歌采樵路。
乡曲无知己，朝端无亲故。
谁能为扬雄，一荐甘泉赋？

5. 盛唐·王维

终南别业

中岁颇好道，晚家南山陲。
兴来每独往，胜事空自知。
行到水穷处，坐看云起时。
偶然值林叟，谈笑无还期。

辋川闲居赠裴秀才迪

寒山转苍翠，秋水日潺湲。
倚杖柴门外，临风听暮蝉。
渡头余落日，墟里上孤烟。
复值接舆醉，狂歌五柳前。

积雨辋川庄作

积雨空林烟火迟，蒸藜炊黍饷东菑。
漠漠水田飞白鹭，阴阴夏木啭黄鹂。
山中习静观朝槿，松下清斋折露葵。
野老与人争席罢，海鸥何事更相疑。

渭川田家

斜阳照墟落，穷巷牛羊归。
野老念牧童，倚杖候荆扉。
雉雊麦苗秀，蚕眠桑叶稀。
田夫荷锄至，相见语依依。
即此羡闲逸，怅然吟式微。

敕借岐王九成宫避暑应教

帝子远辞丹凤阙，天书遥借翠微宫。
隔窗云雾生衣上，卷幔山泉入镜中。
林下水声喧语笑，岩间树色隐房栊。
仙家未必能胜此，何事吹笙向碧空。

山　中

荆溪白石出，天寒红叶稀。
山路元无雨，空翠湿人衣。

新晴野望

新晴原野旷，极目无氛垢。
郭门临渡头，村树连溪口。
白水明田外，碧峰出山后。
农月无闲人，倾家事南亩。

桃源行

渔舟逐水爱山春，两岸桃花夹古津。
坐看红树不知远，行尽青溪不见人。
山口潜行始隈隩，山开旷望旋平陆。
遥看一处攒云树，近入千家散花竹。

樵客初传汉姓名，居人未改秦衣服。

居人共住武陵源，还从物外起田园。

月明松下房栊静，日出云中鸡犬喧。

惊闻俗客争来集，竞引还家问都邑。

平明闾巷扫花开，薄暮渔樵乘水入。

初因避地去人间，及至成仙遂不还。

峡里谁知有人事，世中遥望空云山。

不疑灵境难闻见，尘心未尽思乡县。

出洞无论隔山水，辞家终拟长游衍。

自谓经过旧不迷，安知峰壑今来变。

当时只记入山深，青溪几度到云林。

春来遍是桃花水，不辨仙源何处寻。

春中田园作

屋上春鸠鸣，村边杏花白。

持斧伐远扬，荷锄觇泉脉。

归燕识故巢，旧人看新历。

临觞忽不御，惆怅远行客。

田园乐七首

（一）

厌见千门万户，经过北里南邻。

官府鸣珂有底，崆峒散发何人。

（二）

再见封侯万户，立谈赐璧一双。

讵胜耦耕南亩，何如高卧东窗。

（三）

采菱渡头风急，策杖林西日斜。
杏树坛边渔父，桃花源里人家。

（四）

萋萋春草秋绿，落落长松夏寒。
牛羊自归村巷，童稚不识衣冠。

（五）

山下孤烟远村，天边独树高原。
一瓢颜回陋巷，五柳先生对门。

（六）

桃红复含宿雨，柳绿更带朝烟。
花落家童未扫，莺啼山客犹眠。

（七）

酌酒会临泉水，抱琴好倚长松。
南园露葵朝折，东谷黄粱夜舂。

6. 盛唐·李白

宿五松山下荀媪家

我宿五松下，寂寥无所欢。
田家秋作苦，邻女夜舂寒。
跪进雕胡饭，月光明素盘。
令人惭漂母，三谢不能餐。

7. 盛唐·杜甫

南　邻

锦里先生乌角巾，园收芋栗未全贫。
惯看宾客儿童喜，得食阶除鸟雀驯。
秋水才深四五尺，野航恰受两三人。
白沙翠竹江村暮，相对柴门月色新。

晚　晴

村晚惊风度，庭幽过雨沾。
夕阳薰细草，江色映疏帘。
书乱谁能帙，怀干可自添。
时闻有余论，未怪老夫潜。

田　舍

田舍清江曲，柴门古道旁。
草深迷市井，地僻懒衣裳。
榉柳枝枝弱，枇杷树树香。
鸬鹚西日照，晒翅满鱼梁。

8. 中唐·司空曙

江村即事

钓罢归来不系船，江村月落正堪眠。
纵然一夜风吹去，只在芦花浅水边。

9. 盛唐·刘方平

夜　月

更深月色半人家，北斗阑干南斗斜。
今夜偏知春气暖，虫声新透绿窗纱。

10. 中唐·韦应物

观田家

微雨众卉新，一雷惊蛰始。
田家几日闲，耕地从此起。
丁壮俱在野，场圃亦就理。
归来景常晏，饮犊西涧水。
饥劬不自苦，膏泽且为喜。
仓廪无宿储，徭役犹未已。
方惭不耕者，禄食出闾里。

11. 中唐·柳宗元

首春逢耕者

南楚春候早，余寒已滋荣。
土膏释原野，百蛰竞所营。
缀景未及郊，穑人先耦耕。
园林幽鸟啭，渚泽新泉清。
农事诚素务，羁囚阻平生。
故池想芜没，遗亩当榛荆。
慕隐既有系，图功遂无成。
聊从田父言，款曲陈此情。
眷然抚耒耜，回首烟云横。

12. 中唐·张籍

野老歌

老农家贫在山住，耕种山田三四亩。
苗疏税多不得食，输入官仓化为土。
岁暮锄犁傍空室，呼儿登山收橡实。
西江贾客珠百斛，船中养犬长食肉。

13. 中唐·王建

雨过山村

雨里鸡鸣一两家，竹溪村路板桥斜。
妇姑相唤浴蚕去，闲着中庭栀子花。

14. 晚唐·杜牧

商山麻涧

云光岚彩四面合，柔柔垂柳十余家。
雉飞鹿过芳草远，牛巷鸡埘春日斜。
秀眉老父对樽酒，茜袖女儿簪野花。
征车自念尘土计，惆怅溪边书细沙。

江南春绝句

千里莺啼绿映红，水村山郭酒旗风。
南朝四百八十寺，多少楼台烟雨中。

15. 晚唐·韦庄

稻　田

绿波春浪满前陂，极目连云䆉稏肥。
更被鹭鹚千点雪，破烟来入画屏飞。

边塞诗

边塞诗是根据诗歌题材和内容来划分的，文献记载可追溯至宋初姚铉的《唐文粹》之后的诗评家也将边塞诗作为诗歌分类的重要组成部分。边塞诗是描写征战戍守之事，表达诗人丰富情感的诗歌。有王翰『醉卧沙场君莫笑，古来征战几人回』的豪迈之情；有李益『不知何处吹芦管，一夜征人尽望乡』的思乡愁情；有高适『大漠穷秋塞草腓，孤城落日斗兵稀』的苍凉悲壮之情。边塞诗中的征战场面，有一种誓死杀敌的决心，有一种为国捐躯的牺牲精神，催人泪下，振奋人心，令后人敬仰。

边塞诗概况

边塞诗起源较早，有着悠久的历史。确切地说，从国家的建立开始，就有了边塞之地。边塞诗是对社会政治、经济、军事、文化等方面的反映，具有丰富的历史意义与文化内涵。从"诗史互证"的角度看，边塞诗所描写的战事情节更简洁生动，线索清晰，对历史人物及事件的分析能起到较好地补充作用。

一、边塞诗的产生与历史发展

边塞诗的产生与历史发展因各朝代的政治格局不同、国家实力、国家与边塞少数民族的关系不同等，其题材与主题有所不同。唐代以前，边塞诗发展大致可以分为以下几个阶段。

第一阶段为产生阶段，可追溯至先秦时期的《诗经》与《楚辞》。西周各族之间的战争，主要是华夏族抵抗"西戎""北狄"的侵入，其次是对"东夷""南蛮"的攻伐。（范文澜，《中国通史》，北京：人民文学出版社，2004年3月，第99页）《诗经·小雅·采芑》对演练出征荆蛮的大将方叔做了形象生动的描写：

薄言采芑，于彼新田，呈此菑亩。方叔涖止，其车三千。师干之试，方叔率止。乘其四骐，四骐翼翼。路车有奭，簟茀鱼服，钩膺鞗革。

薄言采芑，于彼新田，于此中乡。方叔涖止，其车三千。旂旐央央，方叔率止。约軝错衡，八鸾玱玱。服其命服，朱芾斯皇，有玱葱珩。

鴥彼飞隼，其飞戾天，亦集爰止。方叔涖止，其车三千。师干之试，方叔率止。钲人伐鼓，陈师鞫旅。显允方叔，伐鼓渊渊，振旅阗阗。

蠢尔蛮荆，大邦为仇。方叔元老，克壮其犹。方叔率止，执讯获丑。戎车啴啴，啴啴焞焞，如霆如雷。显允方叔，征伐玁狁，蛮荆来威。

这里细致地描绘了方叔的车马服饰，既体现了方叔的雄姿，又显示出西周的国力强盛。此诗并非真实战争的描写，而是通过写一次战事演练，凸显周军将士奋力杀敌的英姿。诗中所写周军猛将如云，战车如潮的强大阵容。方叔雄才大略，训练有术。这样的战事准备，讨伐外敌必定成功。在以武力取胜的春秋战国，人们十分崇拜英雄主义，尚武精神也达到了极致。

《九歌·国殇》也是一首写秦楚两军交战的征战诗，司马迁《史记·楚世家》记载，楚怀王时期，楚国多次遭到秦国的侵袭，使其逐渐衰微、丧失国土，秦国严重威胁到了楚国的存亡。在这紧要关头，楚军奋起反抗，楚国的将士们，严守边关，同仇敌忾，奔赴战场，与秦军浴血奋战。《九歌·国殇》原文如下：

操吴戈兮被犀甲，车错毂兮短兵接。
旌蔽日兮敌若云，矢交坠兮士争先。
凌余阵兮躐余行，左骖殪兮右刃伤。
霾两轮兮絷四马，援玉枹兮击鸣鼓。
天时怼兮威灵怒，严杀尽兮弃原野。
出不入兮往不反，平原忽兮路超远。
带长剑兮挟秦弓，首身离兮心不惩。
诚既勇兮又以武，终刚强兮不可凌。
身既死兮神以灵，子魂魄兮为鬼雄！

全诗通过秦楚两军交战，战火连天的战斗场面描写，写出了楚国将士们誓死杀敌的决心，临危不惧的勇气，视死如归的精神。这首诗所表现的勇武刚强的英雄主义和视死如归的爱国精神后来成为边塞诗常常歌咏的主题。

第二阶段为形成阶段，可追溯至两汉时期的乐府民歌。西汉初期，中央与诸侯之间矛盾尖锐，"七国之乱"，战火纷纷。至汉武帝时期，中原常年与匈奴作战，汉武帝想要永绝匈奴之患，求得边境安宁，不停地出兵征战。虽然战争最终取得了胜利，却给百姓的生活带来了深重的灾难。西汉中后期，政局动荡不安。东汉时期，汉廷周边各少数民族关系虽有改善，但战火从未停息。如汉乐府民歌《战城南》：

> 战城南，死郭北，野死不葬乌可食。
>
> 为我谓乌：且为客豪！
>
> 野死谅不葬，腐肉安能去子逃？
>
> 水深激激，蒲苇冥冥；
>
> 枭骑战斗死，驽马徘徊鸣。
>
> 梁筑室，何以南？何以北？
>
> 禾黍不获君何食？愿为忠臣安可得？
>
> 思子良臣，良臣诚可思：
>
> 朝行出攻，暮不夜归！

这是描写汉代百姓生活实录的诗歌，直接反映了边塞战争的残酷和百姓的痛苦生活。司马迁的《史记》与班固的《汉书》中对汉民族与匈奴之间的战争描写，对边地风景的展现，为诗人创作边塞诗提供了素材与想象的空间。

第三阶段为发展阶段，可追溯至魏晋南北朝时期。将整个魏晋南北朝时期都称作乱世，也许并不过分。汉末的战乱，三国的纷争，西晋统一不久发生的"八王之乱"，西晋的灭亡与晋室的东迁，接下来北方十六国的混战，南方东晋王敦、桓玄等人的作乱，北方北齐、北魏、北周等朝代的一次次更迭带来的斗争，南方宋、齐、梁、陈几个朝代的更迭带来的战斗，以及梁末的侯景之乱，再加上东晋、南朝的北伐，北朝的南攻，在三百多年里，几乎没有安宁的时候。战乱和分裂，成为这个时期的特征。（袁行霈，《中国文学史》（第三版第二卷），北京：高等教育出版社，2019 年 8 月，第 7 页）在此背景下，征战连连，边塞诗人有鲍照、吴均、萧纲、庾信等。南朝诗人鲍照是刘宋诗坛上边塞诗人的杰出代表，较有名的边塞诗《代出自蓟北门行》：

羽檄起边亭，烽火入咸阳。

征师屯广武，分兵救朔方。

严秋筋竿劲，虏阵精且强。

天子按剑怒，使者遥相望。

雁行缘石径，鱼贯度飞梁。

箫鼓流汉思，旌甲被胡霜。

疾风冲塞起，沙砾自飘扬。

马毛缩如蝟，角弓不可张。

时危见臣节，世乱识忠良。

投躯报明王，身死为国殇。

这首诗通过写边塞风光与战地生活，渲染了艰险的战事环境。诗人借用《九歌·国殇》为国捐躯的"国殇"精神，歌颂了将士们英勇杀敌、浴血奋战的爱国主义情感，也寄托了对英烈的无比崇敬之情。

唐代的边塞诗汲取了前代边塞诗的营养，在诗歌发展史上，留下了浓墨重彩的一笔。唐代政治环境相对魏晋南北朝纷乱的局势来说，较为稳定。唐代政治面貌可概括为统一的多民族国家共同发展。统一大漠南北的少数民族东突厥、回纥，经略西域；统辖龟兹、于阗（今和田）、疏勒（今喀什）、碎叶（今吉尔吉斯斯坦托克马克附近）等四镇；统一西突厥，再到唐蕃和亲，册封南诏；最后经略辽东，征服了百济和新罗。唐王朝国力日渐强大，出现了经济文化大繁荣的景象。边塞诗伴随着国力的强盛，展现出不同的形态。唐代边塞诗风格多样，初唐边塞诗风磅礴，盛唐边塞诗风雄伟，中唐边塞诗风悲壮，晚唐边塞诗风凄凉。

初盛唐的边塞诗以边塞军旅生活为主要题材，描写奇异萧瑟的塞外自然风光，透露将士们渴望建功立业的决心和为国效力的豪情壮志。如王昌龄《从军行七首·其四》：

青海长云暗雪山，孤城遥望玉门关。

黄沙百战穿金甲，不破楼兰终不还。

此首诗的开头展现了一幅壮阔悲凉的边塞风景画，也点出了边疆环境恶劣，突出将领戍边生活的艰苦与凄清。可如此艰苦的环境，并没有消磨将士们的斗志。他们把一颗颗渴望战事成功的决心融入这苍凉辽阔、迷茫乌黑的景象中，不怕困难，勇往直前，诗中情与景融为一体，更显守关将士们的豪情壮志和为国捐躯的牺牲精神。

历经安史之乱后，中晚唐的边塞诗以连年征战的悲苦为主要情感基调，诗人描写战场的艰辛生活与悲凉的边塞风貌，抒发戍边将士的乡愁与无奈，表达百姓对战争的厌恶与不满。如王建《凉州行》：

> 凉州四边沙皓皓，汉家无人开旧道。
> 边头州县尽胡兵，将军别筑防秋城。
> 万里人家皆已没，年年旌节发西京。
> 多来中国收妇女，一半生男为汉语。
> 蕃人旧日不耕犁，相学如今种禾黍。
> 驱羊亦著锦为衣，为惜毡裘防斗时。
> 养蚕缲茧成匹帛，那堪绕帐作旌旗。
> 城头山鸡鸣角角，洛阳家家学胡乐。

这首诗作于唐大历年间，州城为回纥所侵踞，当时的边防已被胡兵占据，守边将士只好另外建筑秋天防御的城堡。两军交战，死伤累累，战火不息。通过战乱的宏观叙述，诗人抒发了对民生的哀痛和深切同情，具有悲凉感。

二、边塞诗的特点

唐代边塞诗的内容主要包括两个方面：一是写人；二是写景。边塞诗中的人物形象主要包括三类：一是穷兵黩武的君王形象；二是过着艰苦军旅生活，思乡念亲，充满报国豪情的将士形象；三是惜别感伤或壮别感奋的友人形象。边塞诗中的景以奇异风光为主，有边塞之地独特的自然景观和人文景观。边塞的自然风光如边地的山川、沙漠、植被、物产、气候；人文景观如边地民族的衣食起居、民间信仰、宗教文化、崇尚习俗等。

唐代边塞诗中常见的自然意象主要有秋月、雪山、大漠、孤城、边关、黄河、长云、雨雪、风沙、黄沙、汉月、瀚海；唐代边塞诗中常见的战事意象主要有金鼓、旌旗、烽火、羽书、战车、辕门、戈矛剑戟、斧钺刀铩、雁飞鹰扬、箭飞马走；边塞诗中常见的地名有胡、羌、羯、夷、碛西、轮台、龟兹、夜郎、天山、阴山、受降城、玉门关、关山、阳关、凉州、楼兰、塞外、雁门、漠北；边塞诗中常见的乐器有羌笛、琵琶、胡笳、芦管、号角、战鼓。通过以上意象的描写，体现出边塞诗的特点。

唐代边塞诗人所抒发的思想情感大致可以分为以下几类：

第一，描绘边塞雄奇壮丽的独特景观，有一种豪迈之情。如王维《使至塞上》："大漠孤烟直，长河落日圆。"

第二，描写艰苦激烈的戍边生活，抒发愿意戍守边关、渴望建功立业，不惜为国捐躯的豪情壮志。如王昌龄《出塞》："秦时明月汉时关，万里长征人未还。但使龙城飞将在，不教胡马度阴山。"

第三，对故乡亲人的思念。如杜甫《春望》："烽火连三月，家书抵万金。白头搔更短，浑欲不胜簪。"

第四，厌恶连年战事，批评边将无能，反对统治者的穷兵黩武。如杜甫《兵车行》："去时里正与裹头，归来头白还戍边。边庭流血成海水，武皇开边意未已。君不闻汉家山东二百州，千村万落生荆杞。"

第五，抒发平生壮志难酬、怀才不遇的感叹。如李贺《雁门太守行》："报君黄金台上意，提携玉龙为君死。"

唐代边塞诗常常采用融情入景，以景衬情，正反对比，虚实结合，引用典故等艺术手法，或写戍边征战生活的艰辛，或写战争的惨烈，或写建功立业的豪情。

边塞诗鉴赏

从题材上看，边塞诗从《诗经》到汉乐府民歌，再到唐代的边塞诗作，或写防守边关，或言军旅之苦，或抒思乡之情，或绘异域风光，边塞诗较为全面地展示了将士的边塞生活，素材丰富，视野广阔。

从思想主题上看，边塞诗的思想主题大致有两种：一是反映将士们乐观豪迈的斗志及建功立业的雄心壮志；二是反映将士们饱尝边塞军旅生活的艰辛及心境的苍凉悲壮。

一、王昌龄《从军行七首》其一

烽火城西百尺楼，黄昏独上海风秋。

更吹羌笛关山月，无那金闺万里愁。

《从军行》组诗是王昌龄用乐府旧题写边塞题材的诗篇，抒发了久戍边疆而不得归的思乡之情及渴望获取战功的豪迈之情。

本首诗是王昌龄《从军行》七首中的第一首，主要采用了记叙与抒情相结合的表达方式。诗歌所写地点在青海烽火城西的百尺楼上，"海风秋"是说大致时节在凉气袭人的秋天，"黄昏"说明具体时间在夜幕降临之时。荒寂的原野，四围苍茫，只有这座百尺高楼与诗人相伴。这种冷清环境很容易引发诗人的思乡之情。诗歌第一二句从视觉的角度，写出了环境的孤寂冷清。在这样的环境中，一切都是幽静冷清的，忽然响起"关山月"，羌笛声声，余音袅袅，如泣如诉，打破了暮色的宁静，视觉与听觉相结合。笛音勾起了边塞征人潜藏在内心深处的思念之情，诗人再也暗藏不住对远在他乡妻子的思念，发出"无那金闺万里愁"的叹息。

这首诗描写了一幅悲凉而又伤感的画面。在一片广漠的边塞之上，一座边城的西边，一座百尺高的烽火楼上，一个戍卒孤独地走上瞭望台，从青海湖上吹来的秋风在黄昏时分，显得更加凛冽寒冷。此时此刻，戍卒的思乡念亲之情也正是最为浓烈之时，思念绵长，愁绪不断。

此首诗写景与抒情恰到好处，诗人先写环境，营造氛围，为抒情做铺垫。由笛声过渡到写心中的思念，采用虚实相生的手法，通过写妻子对丈夫的思念，实则含蓄深沉地表达了征人因征战而不能回的苦闷。鉴于此，征人和思妇的感情完全交融在一起。同时，这首诗也写出普天之下，征人与思妇因战事常年相隔两地的苦闷与无奈。

二、李贺《雁门太守行》

黑云压城城欲摧，甲光向日金鳞开。
角声满天秋色里，塞上燕脂凝夜紫。
半卷红旗临易水，霜重鼓寒声不起。
报君黄金台上意，提携玉龙为君死。

这首诗是李贺离开京城来到潞州一带的雁门，在雁门所创作的一首名诗。中唐时期藩镇纷争和讨伐藩镇的战火，此起彼伏，从未停息。关心国家存亡的李贺，怀着实现政治理想，救济民生的远大志向来到了雁门。

诗的开头两句首先用对比的艺术手法，将来势汹汹的敌军与充满英雄气概的我军做对比，突出我方军容整肃，英姿飒爽，有临危不惧之气概。接着第三四句，从声与色两个方面，正面描写战事的危机之状。角声漫天，回荡在萧瑟的秋天里；鲜血遍染，飞洒在暮霭的尘雾中，极具悲壮感。再接着第五六句写战事始起，在"临易水"交战，交战不易，因为夜寒霜重，战鼓无法擂响。困难重重下，将士们却毫不气馁。诗歌最后两句用"黄金台"的典故，写出将士们为国立功，报效朝廷的决心。李贺官场不顺，仕途失意。此诗一方面抒发报效祖国的雄心壮志，另一方面，也表达了怀才不遇的感叹。

这首诗最大的艺术特色在于用工笔的手法写出了悲壮惨烈的战斗场面，色彩明暗对比鲜明，如金色、胭脂色、暗紫色、黑色、秋色、玉白色等颜色交织在一起，构成一幅色彩斑斓的画卷，这也正是李贺诗风的奇诡之处。在静的画卷中，也能看见滚滚硝烟，将士们浴血奋战的身影，以及诗人浓浓的爱国心。

三、边塞诗推荐阅读诗篇

唐代边塞诗以昂扬向上的时代精神风貌，展现了唐代诗人的英雄气概。诗人们对边塞战争和边塞生活的刻画，表现了鲜明的爱国主义、英雄主义、人道主义和民族进取精神等，边塞诗成为诗歌中重要的文学遗产，照亮前方。唐代边塞诗人及作品推荐如下。

1. 初唐·李世民

饮马长城窟行

塞外悲风切，交河冰已结。

瀚海百重波，阴山千里雪。

迥戍危烽火，层峦引高节。

悠悠卷旆旌，饮马出长城。

寒沙连骑迹，朔吹断边声。

胡尘清玉塞，羌笛韵金钲。

绝漠干戈戢，车徒振原隰。

都尉反龙堆，将军旋马邑。

扬麾氛雾静，纪石功名立。

荒裔一戎衣，灵台凯歌入。

2. 初唐·杨炯

从军行

烽火照西京，心中自不平。

牙璋辞凤阙，铁骑绕龙城。

雪暗凋旗画，风多杂鼓声。

宁为百夫长，胜作一书生。

3. 盛唐·王翰

凉州词

葡萄美酒夜光杯，欲饮琵琶马上催。
醉卧沙场君莫笑，古来征战几人回？

4. 盛唐·王昌龄

出　塞

秦时明月汉时关，万里长征人未还。
但使龙城飞将在，不教胡马度阴山！

从军行

青海长云暗雪山，孤城遥望玉门关。
黄沙百战穿金甲，不破楼兰终不还！

5. 盛唐·王维

陇西行

十里一走马，五里一扬鞭。
都护军书至，匈奴围酒泉。
关山正飞雪，烽火断无烟。

少年行四首

（一）

新丰美酒斗十千，咸阳游侠多少年。
相逢意气为君饮，系马高楼垂柳边。

（二）

出身仕汉羽林郎，初随骠骑战渔阳。
孰知不向边庭苦，纵死犹闻侠骨香。

（三）

一身能臂两雕弧，虏骑千群只似无。

偏坐金鞍调白羽，纷纷射杀五单于。

（四）

汉家君臣欢宴终，高议云台论战功。

天子临轩赐侯印，将军佩出明光宫。

6. 盛唐·高适

燕歌行

汉家烟尘在东北，汉将辞家破残贼。

男儿本自重横行，天子非常赐颜色。

摐金伐鼓下榆关，旌旆逶迤碣石间。

校尉羽书飞瀚海，单于猎火照狼山。

山川萧条极边土，胡骑凭陵杂风雨。

战士军前半死生，美人帐下犹歌舞！

大漠穷秋塞草腓，孤城落日斗兵稀。

身当恩遇常轻敌，力尽关山未解围。

铁衣远戍辛勤久，玉箸应啼别离后。

少妇城南欲断肠，征人蓟北空回首。

边庭飘飖那可度，绝域苍茫无所有。

杀气三时作阵云，寒声一夜传刁斗。

相看白刃血纷纷，死节从来岂顾勋？

君不见沙场征战苦，至今犹忆李将军。

塞上听吹笛

雪净胡天牧马还，月明羌笛戍楼间。

借问梅花何处落，风吹一夜满关山。

塞上闻笛

胡人吹笛戍楼间，楼上萧条海月闲。

借问落梅凡几曲，从风一夜满关山。

自蓟北归

驱马蓟门北，北风边马哀。

苍茫远山口，豁达胡天开。

五将已深入，前军止半回。

谁怜不得意，长剑独归来。

7. 盛唐·李白

古风·其三十四

羽檄如流星，虎符合专城。

喧呼救边急，群鸟皆夜鸣。

白日曜紫微，三公运权衡。

天地皆得一，澹然四海清。

借问此何为？答言楚征兵。

渡泸及五月，将赴云南征。

怯卒非战士，炎方难远行。

长号别严亲，日月惨光晶。

泣尽继以血，心摧两无声。

困兽当猛虎，穷鱼饵奔鲸。

千去不一回，投躯岂全身。

如何舞干戚，一使有苗平？

从军行

百战沙场碎铁衣，城南已合数重围。

突营射杀呼延将，独领残兵千骑归。

塞下曲六首·其一

五月天山雪，无花只有寒。
笛中闻折柳，春色未曾看。
晓战随金鼓，宵眠抱玉鞍。
愿将腰下剑，直为斩楼兰。

8. 盛唐·常建

塞下曲两首

（一）

玉帛朝回望帝乡，乌孙归去不称王。
天涯静处无征战，兵气销为日月光。

（二）

北海阴风动地来，明君祠上望龙堆。
髑髅皆是长城卒，日暮沙场飞作灰。

9. 盛唐·杜甫

前出塞九首

（一）

戚戚去故里，悠悠赴交河。
公家有程期，亡命婴祸罗。
君已富土境，开边一何多。
弃绝父母恩，吞声行负戈。

（二）

出门日已远，不受徒旅欺。
骨肉恩岂断，男儿死无时。
走马脱辔头，手中挑青丝。
捷下万仞冈，俯身试搴旗。

（三）

磨刀呜咽水，水赤刃伤手。
欲轻肠断声，心绪乱已久。
丈夫誓许国，愤惋复何有！
功名图麒麟，战骨当速朽。

（四）

送徒既有长，远戍亦有身。
生死向前去，不劳吏怒嗔。
路逢相识人，附书与六亲。
哀哉两决绝，不复同苦辛。

（五）

迢迢万里余，领我赴三军。
军中异苦乐，主将宁尽闻。
隔河见胡骑，倏忽数百群。
我始为奴仆，几时树功勋。

（六）

挽弓当挽强，用箭当用长。
射人先射马，擒贼先擒王。
杀人亦有限，列国自有疆。
苟能制侵陵，岂在多杀伤。

（七）

驱马天雨雪，军行入高山。
径危抱寒石，指落层冰间。
已去汉月远，何时筑城还。
浮云暮南征，可望不可攀。

（八）

单于寇我垒，百里风尘昏。
雄剑四五动，彼军为我奔。
掳其名王归，系颈授辕门。
潜身备行列，一胜何足论。

（九）

从军十年余，能无分寸功。
众人贵苟得，欲语羞雷同。
中原有斗争，况在狄与戎。
丈夫四方志，安可辞固穷。

后出塞五首

（一）

男儿生世间，及壮当封侯。
战伐有功业，焉能守旧丘？
召募赴蓟门，军动不可留。
千金买马鞍，百金装刀头。
闾里送我行，亲戚拥道周。
斑白居上列，酒酣进庶羞。
少年别有赠，含笑看吴钩。

（二）

朝进东门营，暮上河阳桥。
落日照大旗，马鸣风萧萧。
平沙列万幕，部伍各见招。
中天悬明月，令严夜寂寥。
悲笳数声动，壮士惨不骄。
借问大将谁？恐是霍嫖姚。

（三）

古人重守边，今人重高勋。
岂知英雄主，出师亘长云。
六合已一家，四夷且孤军。
遂使貔虎士，奋身勇所闻。
拔剑击大荒，日收胡马群；
誓开玄冥北，持以奉吾君！

（四）

献凯日继踵，两蕃静无虞。
渔阳豪侠地，击鼓吹笙竽。
云帆转辽海，粳稻来东吴。
越罗与楚练，照耀舆台躯。
主将位益崇，气骄凌上都：
边人不敢议，议者死路衢。

（五）

我本良家子，出师亦多门。
将骄益愁思，身贵不足论。
跃马二十年，恐辜明主恩。
坐见幽州骑，长驱河洛昏。
中夜间道归，故里但空村。
恶名幸脱免，穷老无儿孙。

10. 盛唐·岑参

白雪歌送武判官归京

北风卷地白草折，胡天八月即飞雪。
忽如一夜春风来，千树万树梨花开。
散入珠帘湿罗幕，狐裘不暖锦衾薄。
将军角弓不得控，都护铁衣冷难著。

瀚海阑干百丈冰，愁云惨淡万里凝。
中军置酒饮归客，胡琴琵琶与羌笛。
纷纷暮雪下辕门，风掣红旗冻不翻。
轮台东门送君去，去时雪满天山路。
山回路转不见君，雪上空留马行处。

送人赴安西

上马带胡钩，翩翩度陇头。
小来思报国，不是爱封侯。
万里乡为梦，三边月作愁。
早须清黠虏，无事莫经秋。

轮台歌奉送封大夫出师西征

轮台城头夜吹角，轮台城北旄头落。
羽书昨夜过渠黎，单于已在金山西。
戍楼西望烟尘黑，汉兵屯在轮台北。
上将拥旄西出征，平明吹笛大军行。
四边伐鼓雪海涌，三军大呼阴山动。
虏塞兵气连云屯，战场白骨缠草根。
剑河风急雪片阔，沙口石冻马蹄脱。
亚相勤王甘苦辛，誓将报主静边尘。
古来青史谁不见？今见功名胜古人。

11. 中唐·司空曙

贼平后送人北归

世乱同南去，时清独北还。
他乡生白发，旧国见青山。
晓月过残垒，繁星宿故关。
寒禽与衰草，处处伴愁颜。

12. 中唐·卢纶

和张仆射塞下曲·其一

鹫翎金仆姑，燕尾绣蝥弧。
独立扬新令，千营共一呼。

晚次鄂州

云开远见汉阳城，犹是孤帆一日程。
估客昼眠知浪静，舟人夜语觉潮生。
三湘衰鬓逢秋色，万里归心对月明。
旧业已随征战尽，更堪江上鼓鼙声？

13. 中唐·李益

从军北征

天山雪后海风寒，横笛偏吹行路难。
碛里征人三十万，一时回首月中看。

夜上受降城闻笛

回乐烽前沙似雪，受降城外月如霜。
不知何处吹芦管，一夜征人尽望乡。

14. 中唐·李贺

塞下曲

胡角引北风，蓟门白于水。
天含青海道，城头月千里。
露下旗濛濛，寒金鸣夜刻。
蕃甲锁蛇鳞，马嘶青冢白。
秋静见旄头，沙远席羁愁。
帐北天应尽，河声出塞流。

马诗二十三首·其五

大漠沙如雪，燕山月似钩。

何当金络脑，快走踏清秋。

15. 晚唐·陈陶

陇西行四首·其二

誓扫匈奴不顾身，五千貂锦丧胡尘。

可怜无定河边骨，犹是春闺梦里人。

友情诗

友情诗是指抒写友人之间真挚友谊的诗篇。友谊作为唐诗中的常见主题而被诗人歌唱。从古至今，泱泱大国，人与人之间情谊最为深重。我们可以从友情诗中，分析古人的交友方式，品读交友的轶闻趣事，体会友情的无穷魅力。

友情诗概况

友情是诗人生活和创作的重要组成部分，它与爱情、亲情一起构成了诗人创作中的情感世界。友情诗从先秦开始，至唐代末期，大致有送别诗、留别诗、怀远诗、悼亡诗、酬唱诗几类。不同时代的友情诗，具有不同的韵味。送别诗是指在特定的场合下，送朋友离开时所写的诗，如李白《黄鹤楼送孟浩然之广陵》、骆宾王《易水送别》等。留别诗专指以诗文作纪念写给分别友人的诗歌，如李白《赠汪伦》、王维《山中送别》等。怀远诗是指朋友分隔两地，因怀念友人而写的诗歌，如张九龄《望月怀远》、韦应物《寄李儋元锡》等。悼亡诗是为追念去世的友人而写的诗歌，王维《哭孟浩然》、杜甫《别房太尉墓》等。酬唱诗是指友人之间互相唱和赠答的诗歌，如白居易《感鹤》和元稹《和乐天感鹤》等。

一、友情诗的产生与历史发展

友情诗起源于先秦，《诗经》是友情诗的滥觞。《诗经·邶风·燕燕》"燕燕于飞，差池其羽。之子于归，远送于野。瞻望弗及，泣涕如雨。燕燕于飞，颉之颃之。之子于归，远于将之。瞻望弗及，伫立以泣。"这是一首写友人的送别诗，"瞻望弗及"和"伫立以泣"是送别真情实感的流露，奠定了送别诗的情感基调。《诗经·大雅·蒸民》："四牡骙骙，八鸾喈喈。仲山甫徂齐，式遄其归。吉甫作诵，穆如清风。仲山甫永怀，以慰其心。"该诗被认为是"宣王命樊侯仲山甫筑城于齐，而尹吉甫作诗送之"。开篇以理叙山甫之德才、政绩，后以热烈的送别场面作结，点出送别的主题。《诗经·小雅·伐木》是一首典型的友情诗，诗人由鸟儿鸣叫以求友，联想到物既如此，人也应该主动追求友情，抒发对友情的渴望与珍视之情。其诗曰：

伐木丁丁，鸟鸣嘤嘤。出自幽谷，迁于乔木。嘤其鸣矣，求其友声。相彼鸟矣，犹求友声。矧伊人矣，不求友生？神之听之，终和且平。伐木许许，酾酒有藇！既有肥羜，以速诸父。宁适不来，微我弗顾。於粲洒扫，陈馈八簋。既有肥牡，以速诸舅。宁适不来，微我有咎。伐木于阪，酾酒有衍。笾豆有践，兄弟无远。民之失德，乾餱以愆。有酒湑我，无酒酤我。坎坎鼓我，蹲蹲舞我。迨我暇矣，饮此湑矣。

东汉末年的友情诗以《古诗十九首·客从远方来》为代表，其诗曰：

> 客从远方来，遗我一端绮。
> 相去万余里，故人心尚尔。
> 文彩双鸳鸯，裁为合欢被。
> 著以长相思，缘以结不解。
> 以胶投漆中，谁能别离此？

这首诗写出了友人间的深情厚谊，亲密无间。此外，《李少卿与苏武诗三首》也是友情诗，诗歌通过写离别的情景，直言美好的聚会再难有机会了。尽管相隔两地，作者依然盼望在白发苍苍的时候，还能与友人相见。

友情诗发展至魏晋，无论是从诗歌题材还是诗歌主题，都有了清晰的方向。魏晋时代也是文学的自觉时代，文学的各种体裁有了较细的划分，文人对文学语言有了更高的审美追求。建安之杰曹植的友情诗艺术成就较高，他对友情进行歌颂，刻画友人之间的深情厚谊；他对友人的勉励、宽慰，说明了友人之间可以同甘苦、共患难；他面对友人的离去，发表宇宙无限、人生短促的感慨。如《送应氏》其二：

> 清时难屡得，嘉会不可常。
> 天地无终极，人命若朝霜。
> 愿得展嬿婉，我友之朔方。
> 亲昵并集送，置酒此河阳。
> 中馈岂独薄？宾饮不尽觞。
> 爱至望苦深，岂不愧中肠？
> 山川阻且远，别促会日长。
> 愿为比翼鸟，施翮起高翔。

魏晋时期的友情诗以送别诗为主，如应玚"行役怀旧土，悲思不能言。悠悠涉千里，未知何时旋"（《别诗》）；曹植"山川阻且远，别促会日长。愿为比翼鸟，施翮起高翔"（《送应氏诗其二》）；孙楚"晨风飘歧路，零雨被秋草，倾城远追送，饯我千里道"（《征西官属送于陟阳候作诗》）；潘岳"驾言饯行，告辞芒岭。情有迁延，日无余景。回辕南翔，心焉北骋"（《北芒送别王世胄诗》）；潘尼"杨朱焉所哭，歧路重别离。屈原何伤悲，生离情独哀"（《送卢弋阳景宣诗》）；谢混"苦哉远征人，将乖萃余室。明窗通朝晖，丝竹盛萧瑟。乐酒辍今辰，离端起来日"（《送二王在领军府集诗》）；王彪之"脂车总驰轮，泛舟理飞棹。丝染墨悲叹，路歧杨感悼"（《与诸兄弟方山别诗》）；陶渊明"去岁家南里，薄作少时邻。负杖肆游从，淹留忘宵晨"（《与殷晋安别》）；孙楚"举翮抚三秦，抗我千里目。念当隔山河，执觞怀惨毒"（《之冯翊祖道诗》）；张华"庶寮群后，饯饮洛湄。感离欢凄，慕德迟迟"（《祖道征西应诏诗》）；何邵"薄云饯之，于洛之滨。嵩崖岩岩，洪流汤汤。春风动衿，归雁和鸣。我后飨客，鼓瑟吹笙"（《洛水祖王公应诏诗》）等。这些友情诗以送别环境为主要题材，诗歌题目分别以"别""送""送别""祖""饯"点题，抒写离愁别绪。魏晋时期的送别诗写法借鉴山水诗吟咏性情的特点，融情于景，达到了较好的艺术效果。

　　南北朝友情诗以赠别为主。南北朝诗人已有意识地将赠别诗从赠答诗中分出来而单独成类，赠别诗成为友情诗的重要代表，如鲍照《赠傅都曹别》、梁武帝萧衍《答任殿中宗记室王中书别诗》、江淹《谢法曹惠连赠别》、何逊《赠江长史别诗》《赠韦记室黯别诗》、吴均《赠王桂阳别诗三首》《赠别新林诗》、庾信《任洛州酬薛文学见赠别诗》、江总《赠洗马袁郎别诗》等。还有陆凯的友情诗《赠范晔诗》：

> 折花逢驿使，寄与陇头人。
> 江南无所有，聊赠一枝春。

这首诗写与友人分别时，特意摘取一枝梅花，聊以代表相思，同时，也暗含两人的友谊十分纯洁真挚。吴均《答柳恽》：

清晨发陇西，日暮飞狐谷。

秋月照层岭，寒风扫高木。

雾露夜侵衣，关山晓催轴。

君去欲何之？参差间原陆。

一见终无缘，怀悲空满目。

这首离别友情诗，通过想象离别后的景象，抒发因友人离去而产生的悲伤失落感。

唐代的友情诗出现了繁荣景象。唐代许多友人真诚交往的故事成了传世佳话。许多诗人把对朋友的牵挂与慰勉都写在了诗里，流传千古。翻开《全唐诗》，李白与杜甫、韩愈与孟郊、刘禹锡与柳宗元、元稹与白居易……他们的友谊之树，万古长存。

盛唐的杜甫是一位重情重义的诗人，他的友情诗感情真挚，语言质朴，谱写了友情诗的新华章。杜甫的友人有李白、岑参等大文豪；有严武、高适等封疆大吏；有艺人梨园弟子李龟年、画师曹霸、画家王宰、书法家顾戒奢等；有普通且不知名的邻里乡亲，如"花满蹊"的邻居黄四娘和喂鸟的朱隐士。纵观杜甫的友情诗，主题主要包括两个方面：一是歌颂友情，在现存《杜少陵集》中，杜甫写给李白的诗，大概有十多首，仅次于写给严武的诗。当听说李白被流放时，杜甫写下了《不见》："不见李生久，佯狂真可哀。世人皆欲杀，吾意独怜才。敏捷诗千首，飘零酒一杯。匡山读书处，头白好归来。"此外，《陪李北海宴历下亭》一诗，表达了杜甫与李邕的深厚情谊。二是感慨人生。杜甫的友情诗以写久别重逢题材的最多，比如《赠卫八处士》：

人生不相见，动如参与商。

今夕复何夕，共此灯烛光。

少壮能几时，鬓发各已苍。

访旧半为鬼，惊呼热中肠。

焉知二十载，重上君子堂。

昔别君未婚，儿女忽成行。

怡然敬父执，问我来何方。

问答未及已，儿女罗酒浆。

夜雨剪春韭，新炊间黄粱。

主称会面难，一举累十觞。

十觞亦不醉，感子故意长。

明日隔山岳，世事两茫茫。

这首友情诗写久别的老友再次相聚时，感慨万分，闲聊家常，娓娓道来，表达了久别后再次重逢的喜悦与激动。

中唐元稹和白居易的深厚友谊见于他们的诗集中。在《元白唱和集》里，白居易写给元稹的《同李十一醉忆元九》和《蓝桥驿见元九诗》，以及元稹写给白居易的《闻乐天授江州司马》和《得乐天书》，足以证明两人的交情甚深。两人持有相近的文学观点，具有类似的诗歌风格，再加以他们在唱和诗中的交流，彼此成就，一起成为中唐新乐府运动的倡导者和中坚力量。从他们身上，我们可以看到友谊对个人的影响极大。

二、友情诗的特点

友情诗的产生与中国古人的友情观密切相关。《论语·学而》曰："有朋自远方来，不亦乐乎？"指出了孔子的热情好客，对友情的重视，与人交友重在诚信，将心比心。《论语·学而》又曰："吾日三省吾身：为人谋而不忠乎？与朋友交而不信乎？传不习乎？"《孟子·万章章句下》说："不挟长，不挟贵，不挟兄弟而友。友也者，友其德也，不可以有挟也。""友其德"三个字明确地回答了万章的问题，如何交友，品德尤为重要。

友情诗大多数是在友人离别之际留下的诗篇，好友离开，诗人情深意浓，依依惜别，诗人们的情感基调大多是哀婉忧伤的。究其原因，古人离别面临着许多现实难题。首先，交通不便。中国古代土地辽阔，交通较落后，行舟骑马，耗时巨多，亲朋好友之间一别就难以相见。其次，通讯滞后。由于交通影响，科技不兴，亲朋好友一旦别离就无法及时联络，难报平安，难知对方的近况。再次，时代混乱。在漫长的路途上，且不说荒山野岭，地震洪水这些"天灾"，就是盗贼横行，战乱频发这些"人祸"，也使前途难测的阴影袭上离人心头，也许每次的分别都有可能是永诀。最后，离别有不得已的现实缘由，或为拜师游学，或为求取功名，或为生活所迫，或为仕途奔走，或为建功立业，或为战争充军，或遭到贬谪……不得不远走异域他乡，在这些残酷现实背后，友人收获了一份弥足珍贵的友谊。

唐代友情诗意象众多，诗人情感丰富。唐代友情诗常见的意象及含义列举如下。

（一）长　亭

占代驿站的路旁都置有亭子，供行旅停息，当时十里一长亭，五里一短亭。"长亭"成为一个蕴含着依依惜别之情的意象，如李白《菩萨蛮·平林漠漠烟如织》"何处是归程？长亭更短亭"等。

（二）南　浦

南浦是水路送别的地点，因此常见于水路送别。南浦成为送别诗词的常见意象，始于屈原的《九歌》。《九歌·河伯》中有"子交手兮东行，送美人兮南浦"。到了唐代，南浦是送别诗词中的常见的意象，点出送别的环境，如王维《送别》："送君南浦泪如丝，君向东州使我悲"；如白居易《南浦别》："南浦凄凄别，西风袅袅秋"。

（三）杨　柳

杨柳是古典诗词之中最具代表性的离别意象，广泛应用于送别诗中。因折柳赠别本就是古人的送别习俗，看到柳，就使人联想到送别，而且因为"柳"与"留"谐音，更能表达依依不舍之情。在唐朝，折柳送别习俗更是盛行，此外，长安灞桥专门种植了许多杨柳，供人们离别时候攀折。如李益《途中寄李二》："杨柳烟含灞岸春，年年攀折为行人。好风若借低枝便，莫遣青丝扫路尘。"

（四）酒

酒是友情诗中常用的意象。有人曾言送别，诗人会品尝两种水的味道。一种是泪水，一种是酒水。如李百药《送别》："眷言一杯酒，凄怆起离忧。夜花飘露气，暗水急还流。雁行遥上月，虫声迥映秋。明日河梁上，谁与论仙舟"；如李白《鲁郡东石门送杜二甫》："飞蓬各自远，且尽手中杯"；如温庭筠《送人南游》"唯以一杯酒，相思高楚天"。诗人浓浓的情谊尽在酒杯中，"此时无声胜有声"。

（五）手　巾

古人送别时会用手巾拭泪，沾巾可表示惜别之情，如刘长卿《饯别王十一南游》"望君烟水阔，挥手泪沾巾"；如王勃《送杜少府之任蜀州》"无为在歧路，儿女共沾巾"。

（六）江　水

离别时，友人顺着流动不息的江水缓缓而去，作者的离愁别绪也像源源不断的长江水，从未间断，如李白《黄鹤楼送孟浩然之广陵》："孤帆远影碧空尽，唯见长江天际流"；如王昌龄《至南陵答皇甫岳》："明主恩深非岁久，长江还共五溪滨"。

综上，长亭、南浦、杨柳、酒、手巾、江水等作为表现别离主题的意象，在友情送别诗中起了渲染环境气氛，表情达意，扩大意境，深化主题的重要作用。这些意象情感特征突出，增强了送别诗的艺术感染力。除此之外，花、草、雁、雨、舟、风、云、烟、山等自然意象，也频频出现在送别诗中。诗人运用情景交融的手法，即使不言离别之痛，泪花早已掉落。

友情诗鉴赏

友情诗的产生与孔子的诗学观有一定联系。《论语·阳货》"诗可以群"指出了诗歌对士子的意义在于以诗会友，交流切磋。在这样的背景下，友情诗应运而生。在仕途上，友人间互相援引，同舟共济；在学业上，友人间互相切磋，共同提高；在精神上，友人间互相安慰，求得孤寂灵魂的共鸣。在中国古典诗歌史上，友情诗数量众多，以送别为主的友情诗更多。如清人沈德潜所编的《唐诗别裁集》中共收录唐人诗歌约一千九百首，其中送别诗大致有三百首，其数量占诗集的六分之一还多，可见友情诗在后人心中的重要作用及地位。

一、王勃《送杜少府之任蜀川》

> 城阙辅三秦，风烟望五津。
> 与君离别意，同是宦游人。
> 海内存知己，天涯若比邻。
> 无为在歧路，儿女共沾巾。

此诗创作于长安。"少府"是唐朝对县尉的通称。因姓杜的少府将到四川去任职，王勃在长安相送，临别时以此诗相赠。

诗歌首联用虚实结合的艺术手法，描绘了岷江壮阔的景象。写出了离别后，友人将会在千里之外的"五津"与他遥相呼应。

诗歌颔联点名分别的缘由。因为"同是宦游人"，此地一别，漂泊在外，背井离乡，所以感同身受，更添苦涩。

诗歌颈联两句采用了直接抒情的表达方式。诗人为了宽慰友人，或许为了开导自己，不让离愁别绪淹没高远的志向、雅致的情趣和旷达的胸怀，留下了流传千载的名句："海内存知己，天涯若比邻。"情调从凄恻悲凉转为乐观豪迈，指出友情不会受时间的限制和空间的阻隔，友情是永恒的，无处不在的。

诗歌尾联慰勉友人，勿在离别之时悲哀落泪，要志存高远。只要心意相通，江山就无法阻难彼此的深厚情谊。

此诗是送别诗的名篇，诗人借此诗劝勉友人，勿在离别之时悲哀。首联对仗工整；颔联句以散调相承，感同身受，文情跌宕；颈联"海内存知己，天涯若比邻"，奇峰突起，高度概括了友情深厚，江山难阻的情景；尾联点出"送别"的主题。诗歌语言清新高远，立意独特。此诗打破了送别诗中悲苦缠绵之状，表达了诗人的乐观豁达。

二、李白《送友人》

> 青山横北郭，白水绕东城。
> 此地一为别，孤蓬万里征。
> 浮云游子意，落日故人情。
> 挥手自兹去，萧萧班马鸣。

此诗是李白著名诗篇之一，也是友情诗的经典之作。

首联采用记叙的表达方式，交代分别的地点。"青山"与"白水"对仗工整，色彩鲜明，"北郭"与"东城"乃眼前实景，十分静穆。"横"字勾勒出青山的静态美，"绕"字刻画了白水的动态美。诗人巧妙运用动静结合的艺术手法，描写一幅离别时的清秀画卷，为下联抒情做铺垫。

颔联使用比喻的修辞手法，"漂泊的生活"是本体，"孤蓬"是喻体，暗指今日一别，各自好像随风飘扬的蓬草，飘到万里之外。首联是工对，颔联是流水对。流水对的使用，体现了李白飘逸诗风的特点。

颈联继续使用比喻的修辞手法，游子像浮云一样行踪不定，四处漂浮；作者对友人难舍难分的情谊就像落日的余晖，久久不能消失。此乃比喻的妙处，十分形象生动。离别之际，既有景，又有情，情景交融，催人落泪。

尾联采用了细节描写，"挥手"是一个细节动作的描写，送君千里，终有一别。挥手告别，离情难诉。此刻，马儿仿佛读懂了友人间的离情别绪，禁不住萧萧长鸣，马犹如此，人何以堪，马儿的鸣叫声再次把离别的伤感淋漓尽致地展现出来。

此首诗采用了情景交融的艺术手法，所写景物包括苍翠的山丘，清澈的流水，熏染的余晖，辗转的蓬草，漂浮的白云，长鸣的班马，相互映衬，色彩璀璨。种种景象，都染上了友人的离情。友人间虽难舍难分之哀叹，李白却也不失乐观向上的人生态度，这正是李白豪迈精神的真实写照。

三、友情诗推荐阅读诗篇

唐代友情诗在中国古典诗歌发展史上具有十分重要的地位，它起源较早，数量众多，类别多样。张岳伦在《中国古代友情诗探论》提出，友情诗的功用主要有三点：一是有利于构建和谐的人际关系；二是有利于鼓舞人奋发向上的信心；三是有利于友人间事业上的互相切磋，共同提高。对友情诗的研究，在探究诗人人生经历，诗歌发展脉络，历史真实性等方面，具有十分重要的历史意义和现实意义。唐代友情诗人及作品推荐如下。

1. 初唐·王勃

送卢主簿

穷途非所恨，虚室自相依。

城阙居年满，琴尊俗事稀。

开襟方未已，分袂忽多违。

东岩富松竹，岁暮幸同归。

2. 盛唐·孟浩然

岁除夜会乐城张少府宅

畴昔通家好，相知无间然。

续明催画烛，守岁接长筵。

旧曲梅花唱，新正柏酒传。

客行随处乐，不见度年年。

送朱大入秦

游人五陵去，宝剑值千金。

分手脱相赠，平生一片心。

过故人庄

故人具鸡黍，邀我至田家。

绿树村边合，青山郭外斜。

开轩面场圃，把酒话桑麻。

待到重阳日，还来就菊花。

留别王维

寂寂竟何待，朝朝空自归。

欲寻芳草去，惜与故人违。

当路谁相假，知音世所稀。

只应守寂寞，还掩故园扉。

夏日南亭怀辛大

山光忽西落，池月渐东上。

散发乘夕凉，开轩卧闲敞。

荷风送香气，竹露滴清响。

欲取鸣琴弹，恨无知音赏。

感此怀故人，中宵劳梦想。

3. 盛唐·王昌龄

芙蓉楼送辛渐

寒雨连江夜入吴，平明送客楚山孤。

洛阳亲友如相问，一片冰心在玉壶。

送柴侍御

流水通波接武冈，送君不觉有离伤。

青山一道同云雨，明月何曾是两乡。

送郭司仓

映门淮水绿，留骑主人心。

明月随良掾，春潮夜夜深。

4. 盛唐·李白

赠汪伦

李白乘舟将欲行，忽闻岸上踏歌声。

桃花潭水深千尺，不及汪伦送我情。

黄鹤楼送孟浩然之广陵

故人西辞黄鹤楼，烟花三月下扬州。

孤帆远影碧空尽，唯见长江天际流。

送友人入蜀

见说蚕丛路，崎岖不易行。

山从人面起，云傍马头生。

芳树笼秦栈，春流绕蜀城。

升沉应已定，不必问君平。

箜篌谣

攀天莫登龙，走山莫骑虎。

贵贱结交心不移，唯有严陵及光武。

周公称大圣，管蔡宁兼容。

汉谣一斗粟，不与淮南春。

兄弟尚路人，吾心安所从。

他人方寸间，山海几千重。

轻言托朋友，对面九疑峰。

多花必早落，桃李不如松。

管鲍久已死，何人继其踪。

送贺宾客归越

镜湖流水漾清波，狂客归舟逸兴多。
山阴道士如相见，应写黄庭换白鹅。

闻王昌龄左迁龙标遥有此寄

杨花落尽子规啼，闻道龙标过五溪。
我寄愁心与明月，随君直到夜郎西。

赠从兄襄阳少府皓

结发未识事，所交尽豪雄。
却秦不受赏，击晋宁为功。
托身白刃里，杀人红尘中。
当朝揖高义，举世称英雄。
小节岂足言，退耕舂陵东。
归来无产业，生事如转蓬。
一朝乌裘敝，百镒黄金空。
弹剑徒激昂，出门悲路穷。
吾兄青云士，然诺闻诸公。
所以陈片言，片言贵情通。
棣华傥不接，甘与秋草同。

沙丘城下寄杜甫

我来竟何事，高卧沙丘城。
城边有古树，日夕连秋声。
鲁酒不可醉，齐歌空复情。
思君若汶水，浩荡寄南征。

5. 盛唐・王维

送　别

山中相送罢，日暮掩柴扉。
春草明年绿，王孙归不归。

送元二使安西

渭城朝雨浥轻尘，客舍青青柳色新。
劝君更尽一杯酒，西出阳关无故人。

送　别

下马饮君酒，问君何所之。
君言不得意，归卧南山陲。
但去莫复问，白云无尽时。

送綦毋潜落第还乡

圣代无隐者，英灵尽来归。
遂令东山客，不得顾采薇。
既至金门远，孰云吾道非。
江淮度寒食，京洛缝春衣。
置酒临长道，同心与我违。
行当浮桂棹，未几拂荆扉。
远树带行客，孤城当落晖。
吾谋适不用，勿谓知音稀。

酬张少府

晚年惟好静，万事不关心。
自顾无长策，空知返旧林。
松风吹解带，山月照弹琴。
君问穷通理，渔歌入浦深。

送梓州李使君

万壑树参天，千山响杜鹃。

山中一夜雨，树杪百重泉。

汉女输橦布，巴人讼芋田。

文翁翻教授，不敢倚先贤。

6. 盛唐·李颀

送魏万之京

朝闻游子唱离歌，昨夜微霜初渡河。

鸿雁不堪愁里听，云山况是客中过。

关城树色催寒近，御苑砧声向晚多。

莫见长安行乐处，空令岁月易蹉跎。

7. 盛唐·杜甫

客　至

舍南舍北皆春水，但见群鸥日日来。

花径不曾缘客扫，蓬门今始为君开。

盘飧市远无兼味，樽酒家贫只旧醅。

肯与邻翁相对饮，隔篱呼取尽余杯。

贫交行

翻手作云覆手雨，纷纷轻薄何须数。

君不见管鲍贫时交，此道今人弃如土。

友情诗

8. 盛唐·岑参

白雪歌送武判官归京

北风卷地白草折，胡天八月即飞雪。

忽如一夜春风来，千树万树梨花开。

散入珠帘湿罗幕，狐裘不暖锦衾薄。

将军角弓不得控，都护铁衣冷难着。

瀚海阑干百丈冰，愁云惨淡万里凝。

中军置酒饮归客，胡琴琵琶与羌笛。

纷纷暮雪下辕门，风掣红旗冻不翻。

轮台东门送君去，去时雪满天山路。

山回路转不见君，雪上空留马行处。

9. 盛唐·司空曙

云阳馆与韩绅宿别

故人江海别，几度隔山川。

乍见翻疑梦，相悲各问年。

孤灯寒照雨，湿竹暗浮烟。

更有明朝恨，离杯惜共传。

10. 盛唐·刘长卿

碧涧别墅喜皇甫侍御相访

荒村带返照，落叶乱纷纷。

古路无行客，寒山独见君。

野桥经雨断，涧水向田分。

不为怜同病，何人到白云。

饯别王十一南游

望君烟水阔，挥手泪沾巾。
飞鸟没何处，青山空向人。
长江一帆远，落日五湖春。
谁见汀洲上，相思愁白蘋。

11. 盛唐·韦应物

赋得暮雨送李胄

楚江微雨里，建业暮钟时。
漠漠帆来重，冥冥鸟去迟。
海门深不见，浦树远含滋。
相送情无限，沾襟比散丝。

12. 中唐·戴叔伦

江乡故人偶集客舍

天秋月又满，城阙夜千重。
还作江南会，翻疑梦里逢。
风枝惊暗鹊，露草覆寒蛩。
羁旅长堪醉，相留畏晓钟。

13. 中唐·严维

送李端

故关衰草遍，离别自堪悲。
路出寒云外，人归暮雪时。
少孤为客早，多难识君迟。
掩泪空相向，风尘何处期？

14. 中唐·白居易

同李十一醉忆元九

花时同醉破春愁，醉折花枝作酒筹。
忽忆故人天际去，计程今日到梁州。

问刘十九

绿蚁新醅酒，红泥小火炉。
晚来天欲雪，能饮一杯无？

酬和元九东川路诗十二首·江楼月

嘉陵江曲曲江池，明月虽同人别离。
一宵光景潜相忆，两地阴晴远不知。
谁料江边怀我夜，正当池畔望君时。
今朝共语方同悔，不解多情先寄诗。

江楼晚眺景物鲜奇吟玩成篇寄水部张员外

澹烟疏雨间斜阳，江色鲜明海气凉。
蜃散云收破楼阁，虹残水照断桥梁。
风翻白浪花千片，雁点青天字一行。
好著丹青图画取，题诗寄与水曹郎。

15. 中唐·柳宗元

衡阳与梦得分路赠别

十年憔悴到秦京，谁料翻为岭外行。
伏波故道风烟在，翁仲遗墟草树平。
直以慵疏招物议，休将文字占时名。
今朝不用临河别，垂泪千行便濯缨。

16. 中唐·元稹

闻乐天授江州司马

残灯无焰影幢幢，此夕闻君谪九江。
垂死病中惊坐起，暗风吹雨入寒窗。

17. 晚唐·杜牧

寄扬州韩绰判官

青山隐隐水迢迢，秋尽江南草未凋。
二十四桥明月夜，玉人何处教吹箫？

18. 晚唐·李商隐

寄令狐郎中

嵩云秦树久离居，双鲤迢迢一纸书。
休问梁园旧宾客，茂陵秋雨病相如。

19. 晚唐·温庭筠

送人东游

荒戍落黄叶，浩然离故关。
高风汉阳渡，初日郢门山。
江上几人在，天涯孤棹还。
何当重相见，尊酒慰离颜。

爱情诗

爱情诗是指以爱情婚姻为题材的诗篇，所写题材丰富，有恋爱、思妇、闺怨、嫁娶、婚别、弃妇、寄赠、悼亡……爱情是唐诗表现的永恒主题之一，它与人类情感中的亲情、友情不同，爱情诗中的情感更加细腻柔美，缠绵悱恻，刻骨铭心。

爱情诗概况

爱情诗伴随着人类的产生而产生。受儒家"温柔敦厚"诗教观的影响，唐代及唐以前的爱情诗大多以委婉含蓄的表达方式深受后人喜爱。不同时段的爱情诗，歌咏爱情的方式也略微不同。

一、爱情诗的产生与历史发展

先秦时期较成熟的爱情诗可以追溯至西周初期至春秋中叶的《诗经》，尤其是"风"的部分，国风大多数诗篇都是爱情诗。《诗经》中的爱情诗可以分为三类。一类是反映男女之间互相悦慕、爱恋、思念的爱情诗。这类诗歌，有的写男女之间互相的悦慕，如《郑风·出其东门》《郑风·叔于田》；有的写男女的欢会，如《郑风·溱洧》《邶风·静女》；有的写男女之间真切深挚的相思，如《国风·关雎》《王风·采葛》《郑风·子衿》《秦风·蒹葭》；有的写对婚姻爱情自由的追求，如《鄘风·柏舟》《郑风·将仲子》。一类是描写男女结合的婚嫁诗。这类诗歌，有的描写结婚的仪式和场景，表达对新婚的祝贺和礼赞，如《大雅·韩奕》《召南·桃夭》《召南·鹊巢》《卫风·硕人》《鄘风·君子偕老》《齐风·东方之日》《郑风·女曰鸡鸣》；有的表达婚嫁中的欢乐、幸福、离别等各种情感，如《唐风·绸缪》《邶风·燕燕》《邶风·泉水》《邶风·新台》。一类是对不幸婚姻悲叹的弃妇诗，如《邶风·柏舟》《卫风·氓》《邶风·谷风》《小雅·谷风》《王风·中谷有蓷》《小雅·我行其野》等。《诗经》中的爱情诗是对女性现实生活的反映，是女性思想的一种集中体现。

战国时期的《楚辞》也有大量的爱情诗，如屈原的《湘君》《湘夫人》《山鬼》，宋玉的《神女赋》等。《楚辞》中的爱情诗与《诗经》中的爱情诗相比，在语言形式上，发生了较大的变化。如《山鬼》：

若有人兮山之阿，被薜荔兮带女萝。
既含睇兮又宜笑，子慕予兮善窈窕。
乘赤豹兮从文狸，辛夷车兮结桂旗。
被石兰兮带杜衡，折芳馨兮遗所思。
余处幽篁兮终不见天，路险难兮独后来。
表独立兮山之上，云容容兮而在下。
杳冥冥兮羌昼晦，东风飘兮神灵雨。
留灵修兮憺忘归，岁既晏兮孰华予。
采三秀兮于山间，石磊磊兮葛蔓蔓。
怨公子兮怅忘归，君思我兮不得闲。
山中人兮芳杜若，饮石泉兮荫松柏，
君思我兮然疑作。
雷填填兮雨冥冥，猨啾啾兮狖夜鸣。
风飒飒兮木萧萧，思公子兮徒离忧。

诗歌前四句写山鬼在等待心上人前来赴约的过程中，百无聊赖，采集芝草。采摘中，可偏偏又是乱石累累，葛藤蔓蔓，山鬼内心充满怅然失落，不禁猜想心上人失约的原因。中间五句写山鬼忐忑不安的心理，坐立不安。最后四句写山鬼在凄清的环境下所发出的忧怨哀叹。心上人失约，山鬼一直耿耿不忘。因此在采集芝草时，仍然充满幻想。她希望得到心上人一个合理的解释，而终不能如愿，最后只能以忧怨哀叹作结。

两汉时期的爱情诗以汉乐府民歌为代表。因汉乐府民歌采用"感于哀乐，缘事而发"的创作原则，所以，在诗歌中，我们可以看到汉代普通民众的苦与乐、爱与恨、以及他们对于生死的人生态度。因汉代战乱连连，各势力之间争权夺利，生灵涂炭。为了征战，徭役赋税繁重，残酷的战争造成了妻离子散，人们流离失所。这一时期的爱情诗，有被现实笼罩着的悲伤与无奈，如《饮马长城窟行》抒写思念的痛楚：

青青河畔草，绵绵思远道。
远道不可思，宿昔梦见之。

梦见在我傍，忽觉在他乡。

他乡各异县，辗转不相见。

枯桑知天风，海水知天寒。

入门各自媚，谁肯相为言。

客从远方来，遗我双鲤鱼。

呼儿烹鲤鱼，中有尺素书。

长跪读素书，书中竟何如？

上言加餐食，下言长相忆。

这首爱情诗，塑造了一个思妇形象，她对丈夫日夜思念，相思不断。目睹现实十分残酷，她收起对爱情的渴望之心，只深切关注丈夫的安危。

除了悲苦类的爱情诗，也有甜美爱情宣言诗，如《上邪》抒发了大胆又热烈地追求爱情："上邪！我欲与君相知，长命无绝衰。山无陵，江水为竭，冬雷震震，夏雨雪，天地合，乃敢与君绝。"此诗极富浪漫主义色彩，表达了女子对美好爱情的憧憬。有的爱情诗代表了女性的觉醒意识，如《有所思》抒写爱情的诀别："从今往后，勿复相思。"有的爱情诗恋人以死明志，守护爱情，如《孔雀东南飞》中的刘兰芝和焦仲卿，为了守护爱情，宁可结束生命。

汉代五言诗《古诗十九首》也有大量写爱情的诗篇。一是描写游子思妇的相思离别之苦，如《涉江采芙蓉》："涉江采芙蓉，兰泽多芳草。采之欲遗谁？所思在远道。还顾望旧乡，长路漫浩浩。同心而离居，忧伤以终老。"这首诗成了后来思乡怀远诗歌类型的滥觞。二是思妇怀人念远之情，这些诗作大多并非真正出自思妇之手，而是游子"以我之怀思，猜彼之见弃"，琢磨思妇的心态而创作的，如《行行重行行》《凛凛岁云暮》《庭中有奇树》《青青河畔草》《孟冬寒气至》等。

汉代的文人五言诗关于爱情的诗篇，以东汉秦嘉《赠妇诗》四首和徐淑《答秦嘉诗》一首为代表，如《赠妇诗》："独坐空房中，谁与相劝勉。长夜不能眠，伏枕独展转。忧来如循环，匪席不可卷。"写出了秦嘉与徐淑夫妇生离死别，聚少离多，缠绵悱恻的爱情。

爱情诗

两晋诗人也有爱情诗传世。因东晋玄言诗盛行，所以除极少数诗人外，大多未留下爱情诗。西晋的爱情诗有潘岳《悼亡诗》"悲怀感物来，泣涕应情陨。驾言陟东阜，望坟思纡轸。"思念至深，真挚动人。

　　刘宋之际，艳曲日多。齐梁陈时期，宫体诗盛行，留下了大量的爱情诗。南北朝的爱情诗以思妇、闺怨为主要题材，如徐悱《对房前桃树咏佳期赠内诗》："相思上北阁，徙倚望东家。忽有当轩树，兼含映日花。方鲜类红粉，比素若铅华。更使增心忆，弥令想狭邪。无如一路阻，脉脉似云霞。严城不可越，言折代疏麻。"此诗写出了徐悱对贤妻刘令娴的深切思念。徐悱《赠内诗》："日暮想清阳，蹑履出椒房。网虫生锦荐，游尘掩玉床。不见可怜影，空余黼帐香。彼美情多乐，挟瑟坐高堂。岂忘离忧者，向隅心独伤。聊因一书札，以代九回肠。"该诗尽显作者对妻子的思恋之情。《西洲曲》是南北朝时期的一首爱情诗，通过对自然景物的描写，表达一个女子对所爱男子的悠长思念。

　　　　　　忆梅下西洲，折梅寄江北。
　　　　　　单衫杏子红，双鬓鸦雏色。
　　　　　　西洲在何处？两桨桥头渡。
　　　　　　日暮伯劳飞，风吹乌臼树。
　　　　　　树下即门前，门中露翠钿。
　　　　　　开门郎不至，出门采红莲。
　　　　　　采莲南塘秋，莲花过人头。
　　　　　　低头弄莲子，莲子清如水。
　　　　　　置莲怀袖中，莲心彻底红。
　　　　　　忆郎郎不至，仰首望飞鸿。
　　　　　　鸿飞满西洲，望郎上青楼。
　　　　　　楼高望不见，尽日栏杆头。
　　　　　　栏杆十二曲，垂手明如玉。
　　　　　　卷帘天自高，海水摇空绿。
　　　　　　海水梦悠悠，君愁我亦愁。
　　　　　　南风知我意，吹梦到西洲。

唐代爱情诗的发展脉络可以按照"四唐说"进行划分。初唐的爱情诗沿袭了齐梁陈时代宫体诗的风格，题材单一，但代答诗的出现，扩大了爱情诗的写作范围。"初唐四杰"与刘希夷、张若虚等是唐代爱情诗新风气的开创者。张若虚《春江花月夜》一扫宫体诗的艳俗之气，把思妇与游子的情感自然而然地流露出来。

> 白云一片去悠悠，青枫浦上不胜愁。
> 谁家今夜扁舟子？何处相思明月楼？
> 可怜楼上月徘徊，应照离人妆镜台。
> 玉户帘中卷不去，捣衣砧上拂还来。
> 此时相望不相闻，愿逐月华流照君。
> 鸿雁长飞光不度，鱼龙潜跃水成文。
> 昨夜闲潭梦落花，可怜春半不还家。
> 江水流春去欲尽，江潭落月复西斜。
> 斜月沉沉藏海雾，碣石潇湘无限路。
> 不知乘月几人归，落月摇情满江树。

《春江花月夜》中游子思妇的爱情故事，韵味无穷。细细品尝，可浓可淡，可甜可苦，可忧可喜。闻一多先生用"孤篇压全唐"对此诗做出了高度评价，虽失之偏颇，但也可看出这首诗在初唐诗坛上的地位。

盛唐爱情诗取材丰富，主题多样，有恋爱诗、闺怨诗、宫怨诗、赠内诗。崔颢《长干行》："君家何处住？妾住在横塘。停船暂借问，或恐是同乡。"该诗写出了一个活泼可爱的少女形象，她十分率真，热情奔放，勇于追求自己的爱情。崔护《题都城南庄》："去年今日此门中，人面桃花相映红。人面不知何处去？桃花依旧笑春风。"表达了诗人别后的相思，深情重访却未遇的失落等情感。可见，崔护是一个至情、至爱、至真之人。

中唐时期的爱情诗有两个特点，一是出现了对李隆基和杨玉环的爱情故事进行再创作的诗篇，主题多样，如白居易《长恨歌》以李杨爱情为素材，虚实结合，"在天愿作比翼鸟，在地愿为连理枝。天长地久有时尽，此恨绵绵无绝期"成为咏叹李隆基和杨玉环爱情的经典名句，使人感动，为之叹息。二是诗人常采用民歌体诗的形式，描写乡间男女的爱情，表达对爱情的向往与追求，如刘禹锡《竹枝词》："东边日出西边雨，道是无晴还有晴。"

晚唐的爱情诗以艳情诗为主，诗中女子姿态万千，风情万种，呈现出朦胧婉约美。李商隐、杜牧、温庭筠、韦庄等诗人留下了大量的爱情诗，把爱情提升至纯情纯真的境界。其中，李商隐《无题》诗代表了唐代爱情诗的高峰，如"春心莫共花争发，一寸相思一寸灰。"（《无题·飒飒东风细雨来》）；"春蚕到死丝方尽，蜡炬成灰泪始干。"（《无题·相见时难别亦难》）；"曾是寂寥金烬暗，断无消息石榴红。斑骓只系垂杨岸，何处西南任好风。"（《无题·凤尾香罗薄几重》）……这些刻骨铭心的诗句，让人潸然落泪，感叹爱情的美妙奇幻。

二、爱情诗的特点

在人类文明发展史上，爱情是永恒的主题，而表现这个主题最为经典的文学形式便是诗歌。爱情诗中的情感类型多种多样，有欢乐的，也有痛苦的；有舒畅的，也有压抑的。正因为如此，诗人笔下的恋人形象千姿百态，风情万种。诗人用爱情诗表达爱情观念，爱情态度，爱情诉求，爱情愿望，爱情评价等，历经千百年，他们笔下的人物还能触动我们的心弦，与之共鸣。

从人物关系分，爱情诗的分类主要有三种。一是关于相思离别的爱情诗，或是夫妻间的寄赠，或是恋人间的离别。二是关于负心背约的爱情诗。或是情人发出的幽怨，或是弃妇对薄情负心丈夫的责怨。三是关于殉情、悼亡的爱情诗，或是以死明志、守护爱情的恋人和夫妻，或是相隔阴阳两地而思念不断的恋人和夫妻。

爱情诗常见诗歌意象有三类。第一类是植物意象，在唐代爱情诗中常见的植物意象有柳、草、花、梧桐、红豆等。第二类是动物意象，在唐代诗歌中，诗人们用以表达相思之意的动物意象有许多，其中鸟意象居多，而作为特称意象的雁、燕、杜鹃、鸳鸯、鹧鸪等以其丰富的内蕴被用来寄予离愁思恨。鸟是自然界极富灵性的动物，它们或依季节而动，南归北飞；或成双成对，情意绵绵。鸟意象自古以来就是诗人笔下爱情的象征。第三类是天文、地理意象，天文、地理意象在唐代爱情诗中数量较多。常见的天文意象有月、风雨、云等。"月"常用来写恋人的相思，如"斜月沉沉藏海雾，碣石潇湘无限路。不知乘月几人归，落月摇情满江树。"恋人因月起月落而引发相思之苦。"风雨"具有朦胧、飘缈、凄寒的特征，其飞扬细腻、阴沉不定的特质，与人的心理情感有异质同构的对应关系，尤其是深居闺中的女子，触景生情。戚戚寒风、蒙蒙细雨都易引起人们的相思情绪。唐人也常以风雨表现恋人们的思念眷恋之意。刘方平《代春怨》："庭前时有东风入，杨柳千条尽向西。"作者借东风吹杨柳，写出了思妇对久戍边疆丈夫的深切思念，忧思万缕，终日盼归。李商隐《夜雨寄北》："何当共剪西窗烛，却话巴山夜雨时。"表达了对妻子无尽的思念，就像连绵不断的秋雨，充满了深刻的怀念。"云"具有梦幻、漂浮不定的特点，常用来表达恋人间的情思，如元稹诗句"曾经沧海难为水，除却巫山不是云。"写出了至死不渝的爱情，表达了对妻子无尽的思念。常见的地理意象有山、水等，山因空间上的阻隔，意蕴深远，诗人们借以表达怀人的情思深重如山，李白《长相思》"天长路远魂飞苦，梦魂不到关山难。长相思，摧心肝。"表达了艰辛跋涉，重重关山，梦魂难跃，肝肠寸断。水因其绵软不绝，往往有情丝万缕、愁思不绝的象征。唐人多取流水的波动深柔、迢迢不断，以"水"来寄托其相思愁苦之情（路宗凯，《浅论唐代相思诗中的自然意象》，聊城大学学报（社会科学版），2010（3），15）鱼玄机《江陵愁望有寄》："忆君心似西江水，日夜东流无歇时。"表达了盼君不至，思念难割之情。

爱情诗在咏唱爱情这个主题中，情感丰富。有甜蜜、忧伤、幸福、痛苦、欢乐、愁怨、满足、失落、希望、惆怅……人们在爱情中流露出的喜怒哀乐，经过诗人的创作，成为微妙动人的旋律。中国的古典爱情诗，无论在道德情趣上，还是心灵意志上，都会对读者起到或显或隐的作用，使后人道德修养得到完善提高；情趣得到高雅的熏陶；心灵得到彻底的净化；意志得到坚定的磨砺。中国的古典爱情诗，不但让读者认识当时社会的某些侧面，而且能够认识人生的某些哲理，千古传诵。唐代爱情诗经过时间长河的洗礼，至今仍散发出璀璨夺目的光辉。唐代爱情诗的诗歌主题主要体现在以下三个方面。

（1）唐代爱情诗歌颂了纯洁、真挚的爱情本质。"闺中少妇不知愁，春日凝妆上翠楼。忽见陌头杨柳色，悔教夫婿觅封侯。"（王昌龄《闺怨》）抒写思妇对丈夫的深深思念。"燕草如碧丝，秦桑低绿枝。当君怀归日，是妾断肠时。春风不相识，何事入罗帏？"（李白《春思》）抒发独守春闺的思妇对征夫的思归愁情。"湘江斑竹枝，锦翅鹧鸪飞。处处湘云合，郎从何处归？"（李益《鹧鸪词》）表达女子盼望情郎归来的急切心情。

（2）唐代爱情诗所展示出的爱情意志是坚定的、执着的。如王维《相思》、崔颢《长干曲》、刘禹锡《竹枝词》等。"别日南鸿才北去，今朝北雁又南飞。春来秋去相思在，秋去春来信息稀。"（鱼玄机《闺怨》）此首诗抒发了思妇一年又一年地盼望丈夫归来，深情又无奈。

（3）唐代爱情诗所表现的思念与盼望是含蓄的、典雅的。"春风桃李花开夜，秋雨梧桐叶落时。"（白居易《长恨歌》）这两句诗借景抒情，抒发缠绵悱恻的爱情。"怨魄未归芳草死，江头学种相思子。树成寄与望乡人，白帝荒城五千里。"（温庭筠《锦城曲》）一颗小小的"相思子"却寄托着女子对离乡恋人的无限思念，含蓄又深刻。

爱情诗鉴赏

爱情诗是表达爱情的诗歌，自从先秦的《诗经》开始（或许更早），爱情就是人们所歌颂的永恒主题。《诗经》中的爱情诗歌特点主要表现为质朴、含蓄和富有想象力。这些诗歌多是从民间口头流传，然后再由一些文人进行加工，最终成集。爱情诗起源于"诗言志，歌咏言"的先秦，越过"感于哀乐，缘事而发"的汉代，经过"诗缘情而绮靡"的魏晋南北朝，昂然进入"百花齐放乃是春"的隋唐时期，她如一支不灭的火炬，燃烧至今。

一、刘禹锡《竹枝词》其一

杨柳青青江水平，闻郎江上唱歌声。
东边日出西边雨，道是无晴还有晴。

这首诗写于诗人 49 岁被任命为夔州刺史期间。刘禹锡被贬巴蜀做刺史，时长 23 年。巴山蜀水风物开阔，民风淳朴，自然山水和经久不衰的民歌，滋生着他蓬勃的心气和心力。尽管刘禹锡已经 49 岁了，但他笔下描写巴蜀民风民情的《竹枝词》，仍清俊秀丽，意境开阔，韵味无穷。

首句"杨柳青青江水平"使用起兴的修辞手法，先写女子眼前所见景物，春江杨柳依依，勾起了女子的情思。

次句"闻郎江上唱歌声"采用记叙的表达方式，写这位少女忽然听到了江面上飘来的小伙子的歌声。这歌声触动了少女的芳心，使少女的心房泛起涟漪。

第三四两句"东边日出西边雨，道是无晴还有晴"，采用谐音双关的修辞手法，把天"晴"和爱"情"这两件不相关的事物巧妙地联系起来，通过写天气的变化之快，表达少女内心忐忑不安的感情变化。"晴"字双关所及的两个不同的对象，内容上是有轻重主次的分别：如眼前的事物"晴"实际是辅，心中所说的意思"情"实际是主。（陈望道，《修辞学发凡》，上海：上海人民出版社，1976 年 7 月，第 92 页）这也是初恋少女情绪变化的真实刻画，天真可爱，多情浪漫。用谐音双关语来表达思想感情，是民歌中常用的一种修辞手法。这首诗用双关的修辞手法来表达青年男女的爱情，更为贴切自然，颇有民歌风情。这首爱情诗颇具巴蜀民间风情，对了解巴蜀民间风俗有史料意义，也对研究刘禹锡晚年的诗歌创作风格有参考价值。

二、李商隐《无题·重帏深下莫愁堂》

> 重帏深下莫愁堂，卧后清宵细细长。
> 神女生涯原是梦，小姑居处本无郎。
> 风波不信菱枝弱，月露谁教桂叶香。
> 直道相思了无益，未妨惆怅是清狂。

李商隐的一生坎坷曲折，千难万险。尤其是卷入"牛李党争"的政治漩涡，一生备受排挤，困顿不得志，忧郁而终。李商隐在晚唐乃至整个唐代都是朦胧爱情诗的集大成者。他的诗构思新奇，风格秾丽，尤其是爱情诗和无题诗写得缠绵悱恻，凄美绝伦，至今广泛流传。但部分诗歌如《锦瑟》，过于隐晦迷离，难于分析，正如元好问的《论诗三十首》所说"诗家总爱西昆好，独恨无人作郑笺"之说。

首联"重帏深下莫愁堂，卧后清宵细细长"，写幽邃宁静的夜晚，层层叠叠的帷幔，空寂的闺房，女子辗转反侧，长夜漫漫。

颔联采用借典抒情的艺术手法，"神女生涯原是梦，小姑居处本无郎"借用巫山神女浪漫的爱情故事，虚写女子梦想的破灭。"本无郎"直接抒情，抒发孤单、寂寥、无奈之感，也有自我安慰的用意。

颈联采用借景抒情的艺术手法，"风波不信菱枝弱"中柔弱菱枝在风中摇曳，诗人见此景，油然升起怜惜之情。在"月露谁教桂叶香"中，月下露珠无声无息滋润桂叶，吐露馨香，却默默无闻，诗人流露出失落幽怨之情。

尾联采用直接抒情的表达方式，直言感受。"直道相思了无益，未妨惆怅是清狂"意思是说就算知道相思全无益处，但仍然止不住相思而惆怅，对待爱情有一种执着与轻狂，这也是情至深处无法自拔的体现。

这首爱情诗风格代表了李商隐爱情诗的诗歌特点。首先，李商隐拥有自己的诗歌意象群，所用的意象在色调、气息、情意指向上有其一致性。其次，技法纯熟，声调的和谐、虚字的斡旋控驭，用典的巧妙组织。诗歌语言在形式上的整齐规范，都增加了诗脉的圆融畅适。最后，诗歌具有朦胧美。那种孤独、飘零、惘然、无奈、寥落、伤感的情绪，浓郁而又深厚，弥漫在许多诗中，使诗的各部分得以融合、贯通，浑然一体。（袁行霈，《中国文学史》第二卷，北京：高等教育出版社，364 页）

三、爱情诗推荐阅读诗篇

在中国诗歌史上，爱情诗可谓源远流长。爱情诗的风格类型，从宏观角度看，一类是委婉含蓄的风格，如"关关雎鸠，在河之洲"的君子对淑女的大胆追求，求而不得，却哀而不伤的类型；一类是热烈奔放的风格，如"上邪！我欲与君相知，长命无绝衰。山无陵，江水为竭，冬雷震震，夏雨雪，天地合，乃敢与君绝"的山盟海誓，直白袒露，却不矫情做作的类型。唐代爱情诗是一部悲欢离合的民族史，需要细细品味，深深追忆。唐代爱情诗人及作品推荐如下。

1. 盛唐·张九龄

望月怀远

海上生明月，天涯共此时。
情人怨遥夜，竟夕起相思。
灭烛怜光满，披衣觉露滋。
不堪盈手赠，还寝梦佳期。

2. 盛唐·李白

三五七言/秋风词

秋风清，秋月明。

落叶聚还散，寒鸦栖复惊。

相思相见知何日，此时此夜难为情。

入我相思门，知我相思苦，

长相思兮长相忆，短相思兮无穷极，

早知如此绊人心，何如当初莫相识。

长干行二首

（一）

妾发初覆额，折花门前剧。

郎骑竹马来，绕床弄青梅。

同居长干里，两小无嫌猜。

十四为君妇，羞颜未尝开。

低头向暗壁，千唤不一回。

十五始展眉，愿同尘与灰。

常存抱柱信，岂上望夫台。

十六君远行，瞿塘滟滪堆。

五月不可触，猿鸣天上哀。

门前迟行迹，一一生绿苔。

苔深不能扫，落叶秋风早。

八月蝴蝶黄，双飞西园草。

感此伤妾心，坐愁红颜老。

早晚下三巴，预将书报家。

相迎不道远，直至长风沙。

（二）

忆妾深闺里，烟尘不曾识。

嫁与长干人，沙头候风色。

五月南风兴，思君下巴陵。

八月西风起，想君发扬子。

去来悲如何，见少别离多。

湘潭几日到，妾梦越风波。

昨夜狂风度，吹折江头树。

淼淼暗无边，行人在何处。

北客真王公，朱衣满江中。

日暮来投宿，数朝不肯东。

好乘浮云骢，佳期兰渚东。

鸳鸯绿浦上，翡翠锦屏中。

自怜十五余，颜色桃李红。

那作商人妇，愁水复愁风。

3. 盛唐·王维

相　思

红豆生南国，春来发几枝。

愿君多采撷，此物最相思。

4. 盛唐·李益

写　情

水纹珍簟思悠悠，千里佳期一夕休。

从此无心爱良夜，任他明月下西楼。

5. 中唐·张仲素

燕子楼

楼上残灯伴晓霜，独眠人起合欢床。
相思一夜情多少，地角天涯未是长。

6. 中唐·刘禹锡

和乐春天词

新妆宜面下朱楼，深锁春光一院愁。
行到中庭数花朵，蜻蜓飞上玉搔头。

竹枝词·山桃红花满上头

山桃红花满上头，蜀江春水拍山流。
花红易衰似郎意，水流无限似侬愁。

7. 中唐·崔护

题都城南庄

去年今日此门中，人面桃花相映红。
人面不知何处去？桃花依旧笑春风。

8. 中唐·白居易

采莲曲

菱叶萦波荷飐风，荷花深处小船诵。
逢郎欲语低头笑，碧玉搔头落水中。

夜　雨

我有所念人，隔在远远乡。
我有所感事，结在深深肠。

乡远去不得，无日不瞻望。

肠深解不得，无夕不思量。

况此残灯夜，独宿在空堂。

秋天殊未晓，风雨正苍苍。

不学头陀法，前心安可忘。

浪淘沙·借问江潮与海水

借问江潮与海水，何似君情与妾心。

相恨不如潮有信，相思始觉海非深。

9. 中唐·元稹

离思五首

（一）

自爱残妆晓镜中，环钗谩篸绿丝丛。

须臾日射胭脂颊，一朵红苏旋欲融。

（二）

山泉散漫绕阶流，万树桃花映小楼。

闲读道书慵未起，水晶帘下看梳头。

（三）

红罗著压逐时新，吉了花纱嫩麹尘。

第一莫嫌材地弱，些些纰缦最宜人。

（四）

曾经沧海难为水，除却巫山不是云。

取次花丛懒回顾，半缘修道半缘君。

（五）

寻常百种花齐发，偏摘梨花与白人。

今日江头两三树，可怜和叶度残春。

10. 中唐·崔郊

赠去婢

公子王孙逐后尘，绿珠垂泪滴罗巾。
侯门一入深如海，从此萧郎是路人。

11. 中唐·孟郊

古怨别

飒飒秋风生，愁人怨离别。
含情两相向，欲语气先咽。
心曲千万端，悲来却难说。
别后唯所思，天涯共明月。

12. 晚唐·温庭筠

梦江南二首

（一）

千万恨，恨极在天涯。
山月不知心里事，水风空落眼前花。
摇曳碧云斜。

（二）

梳洗罢，独倚望江楼。
过尽千帆皆不是，斜晖脉脉水悠悠。
肠断白蘋洲。

13. 晚唐·李商隐

锦　瑟

锦瑟无端五十弦，一弦一柱思华年。
庄生晓梦迷蝴蝶，望帝春心托杜鹃。
沧海月明珠有泪，蓝田日暖玉生烟。
此情可待成追忆，只是当时已惘然。

无题·昨夜星辰昨夜风

昨夜星辰昨夜风，画楼西畔桂堂东。
身无彩凤双飞翼，心有灵犀一点通。
隔座送钩春酒暖，分曹射覆蜡灯红。
嗟余听鼓应官去，走马兰台类转蓬。

14. 晚唐·鱼玄机

赠邻女

羞日遮罗袖，愁春懒起妆。
易求无价宝，难得有心郎。
枕上潜垂泪，花间暗断肠。
自能窥宋玉，何必恨王昌？

江陵愁望寄子安

枫叶千枝复万枝，江桥掩映暮帆迟。
忆君心似西江水，日夜东流无歇时。

15. 晚唐·张泌

寄　人

别梦依依到谢家，小廊回合曲阑斜。
多情只有春庭月，犹为离人照落花。

咏史诗

　　咏史诗是指以历史人物、历史故事为题材的诗歌，在诗歌题目上多以述古、怀古、览古、感古、兴古、读史、咏史等为关键词，也有的直接以被歌咏的历史人物、历史事件为标题。

　　无论是哪一种形式，咏史诗都是以历史作为诗人情感的载体，历史与情感紧密结合。诗人通过对历史人物和历史事件进行叙述、评价、凭吊，或借国家兴亡寄托个人抱负。咏史诗在中国古典诗歌史上，历久弥新。

咏史诗从先秦开始，题材丰富，主题多样。大致可以分为三类：一是以叙事为主的咏史诗，如东汉班固《咏史》，叙述西汉孝女缇萦的故事；晋代卢子谅《览古》诗，叙述蔺相如完璧归赵和廉颇负荆请罪的故事；东晋陶渊明《咏荆轲》，叙述《史记·刺客列传》中荆轲刺秦王的故事。叙事类的咏史诗，具有一定的史料价值。二是以怀古抒情、借古讽今为主的咏史诗，如晋代左思《咏史》八首，诗人借古人古事来浇心中之块垒，打破了颓靡的太康诗风，以诗言志，重振建安风骨。三是传承儒家思想、褒贬历史人物的咏史诗，如白居易《放言五首》其三"周公恐惧流言日，王莽谦恭未篡时。向使当时身先死，一生真伪有谁知"，指出时间可以考验臣子对君王的是非忠奸。

一、咏史诗产生与历史发展

咏史诗的萌芽期可以追溯至先秦时期。《诗经·大雅》中的《生民》《公刘》《绵》《皇矣》《大明》五首诗，记叙了周民族始祖后稷兴邦立国到周王朝创立者武王灭商的历史，它们是周民族的史诗，可以当作早期叙事类的咏史诗，其特点是歌咏的成分较少，以叙事为主。《诗经·大雅·荡》与《诗经·小雅·正月》两首诗，悯时伤政，讽刺昏君无能，它们也可作为借古讽今类咏史诗的滥觞。又如《诗经·王风·黍离》：

彼黍离离，彼稷之苗。行迈靡靡，中心摇摇。知我者，谓我心忧；不知我者，谓我何求。悠悠苍天，此何人哉！

彼黍离离，彼稷之穗。行迈靡靡，中心如醉。知我者，谓我心忧；不知我者，谓我何求。悠悠苍天，此何人哉！

彼黍离离，彼稷之实。行迈靡靡，中心如噎。知我者，谓我心忧；不知我者，谓我何求。悠悠苍天，此何人哉！

该诗可以看作是怀古类的咏史诗，抒发物是人非之感，知音难觅之伤，世事沧桑之叹。

先秦时期，屈原的《离骚》开篇叙述自己家世生平具有"史"的特点，如"帝高阳之苗裔兮，朕皇考曰伯庸。摄提贞于孟陬兮，惟庚寅吾以降"，屈原自认为是古帝高阳氏的子孙。又如《天问》：

> 禹之力献功，降省下土四方。
> 焉得彼嵞山女，而通之于台桑？
> 闵妃匹合，厥身是继。
> 胡维嗜不同味，而快鼌饱？
> 启代益作后，卒然离蠥。
> 何启惟忧，而能拘是达？
> 皆归射鞫，而无害厥躬？
> 何后益作革，而禹播降？
> 启棘宾商，《九辨》《九歌》。
> 何勤子屠母，而死分竟地？
> 帝降夷羿，革孽夏民。
> 胡射夫河伯，而妻彼雒嫔？
> 冯珧利决，封豨是射。
> 何献蒸肉之膏，而后帝不若？
> 浞娶纯狐，眩妻爰谋。
> 何羿之射革，而交吞揆之？

从"禹之力献功"起，对大量的神话故事、历史传说和史实提出了问题，也含有咏史的成分。

在先秦这些诗歌作品里，"史"不占主体地位，也不是诗人关注的主要内容，他们或叙事，或讽谏，与后来的咏史诗还不能完全等同。

两汉时期的咏史诗，以班固《咏史》为典型代表：

三王德弥薄，惟后用肉刑。

太苍令有罪，就递长安城。

自恨身无子，困急独茕茕。

小女痛父言，死者不可生。

上书诣阙下，思古歌鸡鸣。

忧心摧折裂，晨风扬激声。

圣汉孝文帝，恻然感至情。

百男何愦愦，不如一缇萦。

诗中的"缇萦"作为封建社会的弱女子，竟敢伏阙上书，甘愿没身为婢以赎父罪，并且希望废止肉刑而给人以改过自新的机会，孝心感动天地。班固借此事表达了诗人对诸子不肖，使自己受到牵累的哀伤与无奈，同时也希望圣主明君能发动恻隐之心而让其子获得宽宥。

魏晋时期的咏史诗数量逐渐增多，诗歌也逐渐和现实政治相连。魏晋时期的咏史诗主要有史传体、史赞体、情理体三种类型，它们奠定了中国古代咏史诗基本模式。史传体咏史以傅玄《惟汉行》为代表，作者对鸿门宴事件采用纪传体的方式进行叙述，歌咏了刘邦集团的贤才智士；史赞体咏诗以曹丕《煌煌京洛行》为代表，作者通过对多个历史人物的评价，从而对张良、鲁仲连进行高度的赞美；情理体咏史以左思《咏史》为代表，作者对历史的叙述内容减少，重在发表观点，抒发自己的雄心壮志，议论与抒情相结合。后来，南北朝咏史诗又多了怀古体咏史诗，以萧纲《祠伍员庙》为代表，作者以祭祀为题，通过对伍子胥一生的回顾，结合祭祀场景，抒发一种历史沧桑寂寥感。

南北朝的咏史诗数量比以前有所增长，南朝咏史诗人首推颜延之。其咏史诗《五君咏》是咏史组诗，共五首，每首咏一历史人物，分别咏赞了阮籍、嵇康、刘伶、阮咸、向秀。如《嵇中散》："中散不偶世，本自餐霞人。形解验默仙，吐论知凝神。立俗迕流议，寻山洽隐沦。鸾翮有时铩，龙性谁能驯。"此诗通过对嵇康不愿同流合污的高洁品行的歌颂，表达了颜延之本人的人生取向。颜延之《秋胡行》一首诗分为九章，代表了南朝咏史诗的特点和成就。

唐代咏史诗出现了鼎盛期，诗人借咏史诗表达对大唐盛世和君主帝王的颂扬，抒发建功立业的豪情壮志，或以史鉴今，警醒皇室贵族，要以民生为主。唐代咏史诗与山水诗、田园诗、边塞诗一样，是中国古典诗歌的重要组成部分。唐代咏史诗题材广泛，创作主题全面深刻。唐代咏史诗繁荣的局面与唐代诗人的历史观有关。唐代诗人在入幕、漫游、贬谪途中，总会探寻历史古迹，回顾历史活动，分析历史人物。当现实与历史交织在一起，可以使人在苍凉的现实场景中重温历史，回忆过去，总结教训，借古写今，咏史诗应运而生。

初唐时期的咏史诗作品及诗人，有陈子昂《感遇诗三十八首》《蓟丘览古赠卢居士藏用七首》《登泽州城北楼宴》《登幽州台歌》《白帝城怀古》《砚山怀古》等，还有宋之问《奉和幸长安故城未央宫应制》《浣纱篇赠陆上人》《谒禹庙》等，还有沈佺期《铜雀台》《咸阳览古》《王昭君》《初冬从幸汉故青门应制》等，还有卢照邻《长安古意》《刘生》《王昭君》《文翁讲堂》《相如琴台》等，由上可知，初唐咏史诗延续了班固和左思咏史诗风，以教化规谏为主。

由于政清人和，国力强盛，盛唐大部分咏史诗人具有强烈的进取意识，乐观向上的积极态度，都希望在清平之时有所作为。这一时期的咏史诗以"借史抒怀，以史咏我"为写作宗旨，可分为以下几类。一是讽喻类咏史诗，以王维《息夫人》、王昌龄《咏史》为代表。这类讽喻类咏史诗大多出现在天宝时期，特别是安史之乱后期朝政局势下落时。二是抒怀类咏史诗，诗人借史抒发抱负，倾吐胸中之块垒，表现了积极向上的精神面貌。如李白《古风·齐有倜傥生》：

> 齐有倜傥生，鲁连特高妙。
> 明月出海底，一朝开光曜。
> 却秦振英声，后世仰末照。
> 意轻千金赠，顾向平原笑。
> 吾亦澹荡人，拂衣可同调。

该诗歌咏了高洁之士鲁仲连谋略超群而又仗义，从而表达了自己的人生志向，他也要做这样的高洁之士。

杜甫是盛唐咏史诗上极其重要的一位诗人，诗歌题材虽不像李白那样丰富，但还是比较全面的。杜甫吟咏的历史人物以诸葛亮为主，这部分诗篇大多创作于蜀地、夔州。杜甫通过对诸葛亮的歌咏，表达精忠报国的志向与怀才不遇之感。杜甫志存高远，但终其一生，壮志未酬，于是在情绪低落的情况下，借历史人物表达自己的悲慨之音。如《谒先主庙》：

> 惨淡风云会，乘时各有人。力侔分社稷，志屈偃经纶。
> 复汉留长策，中原仗老臣。杂耕心未已，欧血事酸辛。
> 霸气西南歇，雄图历数屯。锦江元过楚，剑阁复通秦。
> 旧俗存祠庙，空山泣鬼神。虚檐交鸟道，枯木半龙鳞。
> 竹送清溪月，苔移玉座春。闾阎儿女换，歌舞岁时新。
> 绝域归舟远，荒城系马频。如何对摇落，况乃久风尘。
> 孰与关张并，功临耿邓亲。应天才不小，得士契无邻。
> 迟暮堪帷幄，飘零且钓缗。向来忧国泪，寂寞洒衣巾。

中晚唐时期咏史诗大量涌现，蔚为大观，甚至超越了盛唐，直接进入了最繁盛的时期。中晚唐咏史诗的极度繁荣与时代背景有关。中晚唐的政治局面复杂，一方面藩镇割据混乱，另一方面宦官专政与朋党之争不断。因此，该时期的大多数诗人不再渴望建功立业，干预政治，而是将注意力转向分析国家盛衰渐乱的原因，并以历史为教训，警醒当今执政者。期间，论述历史事件，评价历史人物之风盛行。中晚唐时期，咏史诗以评论历史人物为出发点，借对历史人物的评价，寄托自身的情感，施展政治才能，以史观今。因此，中晚唐时期的咏史诗大多富有哲理性，用史料讲述治国的道理，具有一定的现实意义。

中唐时期刘禹锡咏史诗成就较高。在咏史诗的历史长河中，刘禹锡上承李白、杜甫，下启杜牧、李商隐，具有承上启下的作用。刘禹锡的咏史诗对历史规律的分析与认识，具有深刻意义，如《马嵬行》：

绿野扶风道，黄尘马嵬驿。路边杨贵人，坟高三四尺。
乃问里中儿，皆言幸蜀时。军家诛戚族，天子舍妖姬。
群吏伏门屏，贵人牵帝衣。低回转美目，风日为无晖。
贵人饮金屑，倏忽舜英暮。平生服杏丹，颜色真如故。
属车尘已远，里巷来窥觑。共爱宿妆妍，君王画眉处。
履綦无复有，履组光未灭。不见岩畔人，空见凌波袜。
邮童爱踪迹，私手解鞶结。传看千万眼，缕绝香不歇。
指环照骨明，首饰敌连城。将入咸阳市，犹得贾胡惊。

该诗讽刺玄宗因贪图享受，奢侈淫逸而误国，暗喻统治者要汲取这惨痛的历史教训，以免重蹈覆辙。

晚唐时期杜牧咏史诗数量较多，在咏史诗艺术特色方面，具有较高的成就。晚唐时局混乱，社会现实矛盾突出，诗人们忧国忧民，内心十分孤寂凄凉，产生昔盛今衰之感。如杜牧《登乐游原》："长空澹澹孤鸟没，万古销沉向此中。看取汉家何事业，五陵无树起秋风。"诗人寓情于景，情景交融，抒发了物是人非、昔盛今衰的感叹，对执政者进行劝勉忠告，并希望能再有报效祖国，建功立业的机会。

二、咏史诗的特点

咏史诗一般指以古代历史事件或历史人物为题材的诗篇，或抒发个人怀才不遇之伤，或表达昔盛今衰的兴替之感，或借古讽今，以起警示作用。

咏史诗以讽喻劝谏为主，借用《毛诗序》"上以风化下，下以风刺上，主文而谲谏，言之者无罪，闻之者足以戒"的观点，强调了诗歌的讽谏劝喻作用。（周振甫，《中国修辞学史》，北京：商务印书馆，1991 年 1 月，第 39 页）诗歌借历史人物、历史事件等进行讽谏劝谕，其论证充分，说服力较强。

咏史诗的诗歌标题有直接以历史古迹、人物名字命名的；有在古迹、古人前冠以"咏"进行命名的；有在古迹、古人后加"怀古"、"咏怀"等进行命名的。

诗歌结构一般包括四部分，首先写亲临古地，然后分析古人，再追忆史事，最后抒发情志。

咏史诗常见诗歌意象包括古迹类，如乌衣巷、赤壁、西塞山等；古代都城类，如咸阳、金陵、长安、姑苏、洛阳、汴京等；发生重大事件地方类，如骊山、新亭、隋堤、马嵬、华清宫、汴河、淮水、柳营等；名人故居、陵墓类，如乌江亭、陈琳墓、湘妃祠等；古代朝代名称类：六朝、吴国、隋代等；重要历史人物类，如廉颇、鲁仲连、周瑜、诸葛亮等；荒凉景物类，如鹧鸪、丘冢、荒草、残月等。

咏史诗所包含的思想情感极其丰富，虽然源于同样的历史人物或题材，但诗人的思想感情或观点也不尽相同。咏史诗的思想主题主要体现在以下几方面：

（一）对历史与现实关系的理性反思

诗人置身事外，冷静评述历史事件，表达对历史事件的独特看法，如杜牧《题乌江亭》："胜败兵家事不期，包羞忍耻是男儿。江东子弟多才俊，卷土重来未可知。"杜牧认为胜败是兵家难以预料的事，但是能够忍受失败和耻辱才是真正的好男儿。

（二）怀人伤己

诗人饱含某种感情写历史人物，或敬仰，或惋惜，或缅怀；诗人借历史人物写真情实感，或年华易逝，或壮志难酬，或怀才不遇，或报国无门，或渴望建功立业。如雍陶《罢还边将》："白须虏将话边事，自失公权怨语多。汉主岂劳思李牧，赵王犹是用廉颇。新鹰饱肉唯闲猎，旧剑生衣懒更磨。百战无功身老去，羡他年少渡黄河。"句中"李牧"和"廉颇"都是战国时赵国的名将。雍陶写了自己赴边戎幕的经历，由历史名将"李牧""廉颇"的赫赫战功，表达了对被罢边将遭遇的同情，自己功业未就的悲痛失落。

（三）怀古伤今

诗人借历史人物或历史古迹抒发对现实与人生的感叹，或是昔盛今衰之感，或是物是人非之叹，或是年华易逝之悲，或是自然永恒、人世却沧桑的凄苦……杜甫《咏怀古迹》："群山万壑赴荆门，生长明妃尚有村。一去紫台连朔漠，独留青冢向黄昏。画图省识春风面，环佩空归夜月魂。千载琵琶作胡语，分明怨恨曲中论。"杜甫时年55岁，"美人迟暮"之感与日俱增。历史上，昭君入宫被妒，远嫁边疆，身死异国；杜甫入朝被妒，无辜遭贬，漂泊西南。昭君的这段人生经历与杜甫的人生经历极其相似，故诗人借王昭君出塞之事来抒写自己怀才不遇的悲愤之情。

（四）借古讽今

诗人借史实，讽喻统治者，告诫统治者要吸取古人教训。若是荒淫不止，穷奢极欲；若是大兴土木，劳民伤财；若是穷兵黩武，好大喜功；若是怯懦无能，不能守护疆土，那么，国家将会日益衰败，民不聊生。咏史诗大多表达了诗人忧国伤时，担忧国家民族命运，如刘禹锡《台城》"台城六代竞豪华，结绮临春事最奢。万户千门成野草，只缘一曲后庭花"。刘禹锡指出六朝的覆灭，陈后主的亡国，都因为那首《玉树后庭花》，此曲也是导致帝王国破家亡的代名词。诗人借此对君王进行劝谏，同时也讽刺了他们奢侈淫逸的生活。

咏史诗常采用的艺术手法包括借古讽今、借古伤今、引用典故、正反对比、触景生情、借景抒情、以景衬情、寓情于景、欲扬先抑、即事议论、相互映衬等。咏史诗的诗歌语言多为含蓄隽永、生动形象、雄浑深沉。

咏史诗鉴赏

咏史诗题材丰富，主题多样，诗人借历史人物或历史事件，发表看法，议论古今。结合历史情况，借咏史以达到或娱乐、或讽谏、或教育的目的。咏史诗是唐代极为重要的一个诗歌类别，思想意义与教育意义十分突出。

一、刘禹锡《西塞山怀古》

> 王濬楼船下益州，金陵王气黯然收。
> 千寻铁锁沉江底，一片降幡出石头。
> 人世几回伤往事，山形依旧枕寒流。
> 今逢四海为家日，故垒萧萧芦荻秋。

唐宪宗时期，唐王朝取得了几次平定藩镇割据战争的胜利，国家又出现了暂时统一的局面。但这种景象只是昙花一现，仅仅一年的时间，河北三镇又恢复了割据局面。总体来看，刘禹锡所处的时代是一个朝廷昏暗、权贵荒淫、宦官专权、藩镇割据、危机四伏的时代。长庆四年（824 年），刘禹锡由夔州刺史调任和州刺史，沿江东下，途经西塞山，抚今追昔，感慨万千，写下这首动人心魄的诗篇。

诗歌首联两句不从眼前的具体景物落笔，而是用简练的笔墨描写了发生在西塞山一带的一场惊心动魄的鏖战，展示出一幅气势磅礴的历史风云画卷。

诗歌颔联描写了晋吴之战两军的气势截然不同，采用对比的修辞手法，写出了胜利者晋军烧毁铁锁时的冲天火光，气势咄咄逼人；失败者东吴将士惨烈投降，黯然失色，仓皇逃窜。

诗歌颈联采用对比、拟人的修辞手法。写出了今非昔比、物是人非之感。金陵政治风云几经变幻，六朝相继覆灭，而江流滔滔，山形依旧。这些政权的灭亡，大都有相似的原因。但是人们从不接受历史的教训，重蹈覆辙。"几回"二字概括了六朝政权更迭的历史，不仅包括晋吴更替的历史感叹，亦包括古人伤古人，今人伤古人，未来人伤今人的长久而深刻的意义。

诗歌尾联采用借典抒情的手法，诗人不禁感叹，眼前的歌舞升平景象不知道哪天会被烽火打乱；如今长满芦苇的故垒，不知道哪天又会变成战争的场所。

刘禹锡的这首诗，诗人表面是在客观地叙述往事，观赏古迹，实际上却是在提醒朝廷的执政者，要汲取历史教训。诗人在诗中将批判的锋芒指向地方割据势力，诗人的怀古其实是在诚今。四海为

咏史诗

家，江山一统是诗人所极力赞扬的。同时，六朝灭亡的历史教训，也是对当朝统治者的忠告。以史鉴今的写法产生了一箭双雕的艺术效果。

二、杜牧《赤壁》

折戟沉沙铁未销，
自将磨洗认前朝。
东风不与周郎便，
铜雀春深锁二乔。

赤壁是赤壁之战的古战场，汉献帝建安十三年（208 年），孙权、刘备联军在这里大败曹操，奠定了三国鼎立的基础。这首诗是杜牧经过赤壁这个著名古战场，有感于三国时代的英雄成败而写下的诗作。

这首咏史诗大意，一支断戟沉落在江底，久远岁月也未能将它销蚀。把它磨洗一番，认出是三国时代的兵器。假如东风不曾给予周瑜援助，大乔小乔两位美人恐怕都会被锁进铜雀台里。

这首诗前两句采用记叙的表达方式，叙述三国时期的一场战争。看似平淡的叙事，但是诗人却从平淡的叙事中表现出不平凡，为后面抒发"怀古幽情"奠定了基础。

后两句采用议论的表达方式发表观点。由叙事引发议论，杜牧本人认为赤壁之胜出于侥幸，若不是东风之便，则会一败涂地，国破家亡。同时，诗人借"东风"比喻好的时机，从侧面指出自己没有遇上好时机，所以无处借"东风"。

"东风不与周郎便，铜雀春深锁二乔。"曲折地反映出杜牧的抑郁不平和豪爽胸襟。诗人慨叹历史上英雄成名都有待于良好的机遇，自己无法成名是因为生不逢时，即使有政治军事才能，也无处施展，从侧面写出了诗人内心不平，但只要有机遇，相信自己总会有所作为。诗歌暗含机遇造人的哲理，并且隐含着诗人对自己生不逢时，无处施展才华的苦闷。

这首诗的艺术特色主要体现在"以小见大"手法的运用。作者并不从正面写赤壁之战的过程及其在政治上的结局，而是反说其事，并以两位女子"大乔""小乔"的命运来反映赤壁之战对东吴政治军事形势的重大影响。二乔的命运在这里形象地代表了东吴的命运，以小见大，深刻警策。

三、咏史诗推荐阅读诗篇

咏史诗与其他诗歌相比，无论是咏史诗的产生，还是它的演进，都是在非常复杂的背景、原因下形成的，涉及的时代背景包括历史、政治、经济、军事、文化、艺术等各种因素，可以说复杂的社会变迁是咏史诗产生的一个重要前提。因此，我们在鉴赏咏史诗时，要从多个角度综合考虑，博采众长，还原历史真相，揣摩作者意图。唐代咏史诗人及作品推荐如下。

1. 初唐·陈子昂

燕昭王

南登碣石坂，遥望黄金台。
丘陵尽乔木，昭王安在哉？
霸图怅已矣，驱马复归来。

2. 盛唐·李白

古风·其十

齐有倜傥生，鲁连特高妙。
明月出海底，一朝开光曜。
却秦振英声，后世仰末照。
意轻千金赠，顾向平原笑。
吾亦澹荡人，拂衣可同调。

登金陵凤凰台

凤凰台上凤凰游，风去台空江自流。
吴宫花草埋幽径，晋代衣冠成古丘。
三山半落青天外，二水中分白鹭洲。
总为浮云能蔽日，长安不见使人愁。

杂曲歌辞·结袜子

燕南壮士吴门豪，筑中置铅鱼隐刀。
感君恩重许君命，泰山一掷轻鸿毛。

秋登宣城谢朓北楼

江城如画里，山晓望晴空。
两水夹明镜，双桥落彩虹。
人烟寒橘柚，秋色老梧桐。
谁念北楼上，临风怀谢公。

越中览古

越王勾践破吴归，义士还家尽锦衣。
宫女如花满春殿，只今惟有鹧鸪飞。

乌栖曲

姑苏台上乌栖时，吴王宫里醉西施。
吴歌楚舞欢未毕，青山欲衔半边日。
银箭金壶漏水多，起看秋月坠江波。
东方渐高奈乐何！

3. 盛唐·杜甫

蜀　相

丞相祠堂何处寻？锦官城外柏森森。
映阶碧草自春色，隔叶黄鹂空好音。
三顾频烦天下计，两朝开济老臣心。
出师未捷身先死，长使英雄泪满襟。

咏史诗鉴赏

八阵图

功盖三分国，名成八阵图。

江流石不转，遗恨失吞吴。

武侯庙

遗庙丹青落，空山草木长。

犹闻辞后主，不复卧南阳。

琴　台

茂陵多病后，尚爱卓文君。

酒肆人间世，琴台日暮云。

野花留宝靥，蔓草见罗裙。

归凤求凰意，寥寥不复闻。

4. 中唐·戴叔伦

过三闾庙

沅湘流不尽，屈宋怨何深。

日暮秋烟起，萧萧枫树林。

5. 中唐·刘禹锡

台　城

台城六代竞豪华，结绮临春事最奢。

万户千门成野草，只缘一曲后庭花。

乌衣巷

朱雀桥边野草花，乌衣巷口夕阳斜。

旧时王谢堂前燕，飞入寻常百姓家。

石头城

山围故国周遭在，潮打空城寂寞回。
淮水东边旧时月，夜深还过女墙来。

蜀先主庙

天地英雄气，千秋尚凛然。
势分三足鼎，业复五铢钱。
得相能开国，生儿不象贤。
凄凉蜀故妓，来舞魏宫前。

汉寿城春望

汉寿城边野草春，荒祠古墓对荆榛。
田中牧竖烧刍狗，陌上行人看石麟。
华表半空经霹雳，碑文才见满埃尘。
不知何日东瀛变，此地还成要路津。

6. 晚唐·杜牧

泊秦淮

烟笼寒水月笼沙，夜泊秦淮近酒家。
商女不知亡国恨，隔江犹唱后庭花。

金谷园

繁华事散逐香尘，流水无情草自春。
日暮东风怨啼鸟，落花犹似坠楼人。

题乌江亭

胜败兵家事不期，包羞忍耻是男儿。
江东子弟多才俊，卷土重来未可知。

题木兰庙

弯弓征战作男儿，梦里曾经与画眉。

几度思归还把酒，拂云堆上祝明妃。

过华清宫绝句三首·其一

长安回望绣成堆，山顶千门次第开。

一骑红尘妃子笑，无人知是荔枝来。

7. 晚唐·温庭筠

苏武庙

苏武魂销汉使前，古祠高树两茫然。

云边雁断胡天月，陇上羊归塞草烟。

回日楼台非甲帐，去时冠剑是丁年。

茂陵不见封侯印，空向秋波哭逝川。

过陈琳墓

曾于青史见遗文，今日飘蓬过此坟。

词客有灵应识我，霸才无主始怜君。

石麟埋没藏春草，铜雀荒凉对暮云。

莫怪临风倍惆怅，欲将书剑学从军。

过五丈原

铁马云雕共绝尘，柳营高压汉营春。

天清杀气屯关右，夜半妖星照渭滨。

下国卧龙空寤主，中原得鹿不由人。

象床宝帐无言语，从此谯周是老臣。

8. 晚唐·李商隐

隋　宫

乘兴南游不戒严，九重谁省谏书函。
春风举国裁宫锦，半作障泥半作帆。

隋　宫

紫泉宫殿锁烟霞，欲取芜城作帝家。
玉玺不缘归日角，锦帆应是到天涯。
于今腐草尤萤火，终古垂杨有暮鸦。
地下若逢陈后主，岂宜重问后庭花？

汉宫词

青雀西飞竟未回，君王长在集灵台。
侍臣最有相如渴，不赐金茎露一杯。

咏　史

历览前贤国与家，成由勤俭破由奢。
何须琥珀方为枕，岂得真珠始是车。
运去不逢青海马，力穷难拔蜀山蛇。
几人曾预南薰曲，终古苍梧哭翠华。

筹笔驿

猿鸟犹疑畏简书，风云常为护储胥。
徒令上将挥神笔，终见降王走传车。
管乐有才真不忝，关张无命欲何如？
他年锦里经祠庙，梁甫吟成恨有余。

贾　生

宣室求贤访逐臣，贾生才调更无伦。
可怜夜半虚前席，不问苍生问鬼神。

马嵬·其二

海外徒闻更九州，他生未卜此生休。
空闻虎旅传宵柝，无复鸡人报晓筹。
此日六军同驻马，当时七夕笑牵牛。
如何四纪为天子，不及卢家有莫愁？

9. 晚唐·罗隐

西　施

家国兴亡自有时，吴人何苦怨西施。
西施若解倾吴国，越国亡来又是谁？

10. 晚唐·韦庄

台　城

江雨霏霏江草齐，六朝如梦鸟空啼。
无情最是台城柳，依旧烟笼十里堤。

忆　昔

昔年曾向五陵游，子夜歌清月满楼。
银烛树前长似昼，露桃华里不知秋。
西园公子名无忌，南国佳人号莫愁。
今日乱离俱是梦，夕阳唯见水东流。

11. 晚唐·李约

过华清宫

君王游乐万机轻，一曲霓裳四海兵。
玉辇升天人已尽，故宫犹有树长生。

咏物诗

咏物诗题材丰富，主题多样，所咏之物以自然为主。从现存的咏物诗篇来看，咏物诗所写自然万物，大至山川河岳，小至花鸟虫鱼，作者以此为描摹对象，进行歌咏。咏物诗的情感意蕴深远，或流露出时光易逝的感叹，或寄寓美好的愿望，或饱含生活的哲理，或表现闲适生活的情趣。

咏物诗概况

咏物诗是我国古典诗歌的一个重要题材，历代诗人几乎都有所涉及。俞琰在《咏物诗选》序言中有这样的观点："故咏物一体，三百导其源，六朝备其制，唐人擅其美，两宋、元、明沿其传。"（俞琰，《咏物诗选·自序》，成都：成都古籍书店 1984 年 1 月，第 2 页）可见，咏物诗的产生与发展历经了数千年，其成果也颇丰。

一、咏物诗的产生与历史发展

咏物诗是我国古典诗歌的重要组成部分。咏物诗在我国古典诗歌发展轨迹中，从不间断，一脉相承。历代咏物诗各有特色，各有成就。

咏物诗的起源可以追溯至先秦。《诗经》中关于写物的诗篇，大多是起兴的作用，可以看作是咏物诗的滥觞，如《诗经·国风·周南·关雎》"关关雎鸠，在河之洲。窈窕淑女，君子好逑"；如《诗经·国风·周南·桃夭》"桃之夭夭，灼灼其华。之子于归，宜其室家"；如《诗经·小雅·采薇》"昔我往矣，杨柳依依。今我来思，雨雪霏霏"。这些诗篇中关于物的描写，只是为了渲染气氛，托物起兴，但是，也可以理解为景物的描写与人物情感要共鸣，这为后来咏物诗的写作方向提供了参照。《论语·阳货》记载了孔子关于学诗的重要观点："小子何莫学夫诗？诗可以兴，可以观，可以群，可以怨。迩之事父，远之事君，多识于鸟兽草木之名。"可见，《诗经》部分诗篇是写"鸟兽草木"之名的。作为咏物诗的源头，《诗经》在描写景物、借物喻人、托物起兴等方面对后世创作咏物诗产生了重要的影响。

《诗经》开创了赋比兴的艺术手法，屈原在此基础上，以"香草美人"作比兴传统，形成了我国古代咏物诗重要的美学特征。屈原的《橘颂》堪称第一首形神兼备的咏物诗。

> 后皇嘉树，橘徕服兮。
> 受命不迁，生南国兮。
> 深固难徙，更壹志兮。
> 绿叶素荣，纷其可喜兮。
> 曾枝剡棘，圆果抟兮。
> 青黄杂糅，文章烂兮。
> 精色内白，类任道兮。
> 纷缊宜修，姱而不丑兮。
> 嗟尔幼志，有以异兮。
> 独立不迁，岂不可喜兮。
> 深固难徙，廓其无求兮。
> 苏世独立，横而不流兮。
> 闭心自慎，终不失过兮。
> 秉德无私，参天地兮。
> 愿岁并谢，与长友兮。
> 淑离不淫，梗其有理兮。
> 年岁虽少，可师长兮。
> 行比伯夷，置以为像兮。

这首咏物诗表面上歌颂橘树，实际是屈原对自己理想人格的展现。诗歌前十六句缘情咏物，重在描述橘树俊逸动人的外形，从多种角度进行描写；后十六句借物抒情，转入对橘树"独立不迁""淑离不淫""傲霜斗雪"的热情讴歌，以直接抒情为主。

两汉魏晋时期是咏物诗的形成与发展期。西汉的咏物诗一部分是汉代帝王以楚歌形式写作的，如汉高祖刘邦《鸿鹄歌》、汉昭帝刘弗陵《黄鹄歌》。另一部分是以歌咏瑞应物为主的咏物诗，如汉郊庙歌辞中的《景星》《齐房》《朝陇首》《象载瑜》等。这些诗篇各自颂赞宝鼎、芝草、白麟、赤雁等瑞应物，其用意不过在于歌功颂德罢了。

东汉时期的咏物诗数量增多，以班固、张衡、蔡邕的诗作为代表。班固《白雉诗》《宝鼎诗》，张衡《怨诗》和蔡邕《翠鸟诗》都是东汉有名的咏物诗，如《翠鸟诗》：

> 庭陬有若榴，绿叶含丹荣。
> 翠鸟时来集，振翼修形容。
> 回顾生碧色，动摇扬缥青。
> 幸脱虞人机，得亲君子庭。
> 驯心托君素，雌雄保百龄。

该诗表面上写翠鸟，实际写人，是作者自身处境的真实写照。诗中翠鸟入君子庭院，有了安定的生活环境，诗人托物咏怀，也希望自己能寻求一个安定的环境，过闲适恬淡的生活。

建安时期的咏物诗大多具有借物喻人的特点，如曹植《野田黄雀行》和刘桢《赠从弟》。刘桢《赠从弟》其二：

> 亭亭山上松，瑟瑟谷中风。
> 风声一何盛，松枝一何劲。
> 冰霜正惨凄，终岁常端正。
> 岂不罹凝寒，松柏有本性。

该诗由表及里，由此及彼，运用象征手法，借松树的高洁来表明自己志向之坚贞，以此自勉，也借以勉励从弟。

正始时期的咏物诗人因受玄学思想的影响，诗歌多表达追求自然无为、老庄清净的思想，以"清谈"为主，诗歌的社会现实意义较少。这一时期，留有咏物诗的有何晏和阮籍两位诗人。何晏的咏物诗《言志诗》"鸿鹄比翼游"，阮籍的咏物诗《咏怀诗》"鸿鹄相随飞""鸳鸠飞桑榆""林中有奇鸟"，这些咏物诗中的物象在很大程度上只是一种抒情的载体和手段，其审美价值不高。

西晋时期的咏物诗数量较少，与当时社会环境有关。司马炎称帝后，近二十年的时间，社会安定，百姓富足。部分西晋士人入仕太深，他们虽然姿态飘逸，潇洒风流，但他们的内心世界，却略显世俗百态，在某种程度上着眼于物欲与感官的诱惑，而缺乏理想人格色彩。西晋诗人追求辞藻华丽、流韵绮靡的诗歌形式，诗歌主题也与追逐名利有关。但陆机在《文赋》中提出"遵四时以叹逝，瞻万物而思纷。悲落叶于劲秋，喜柔条于芳春"的"感物说"又再次把咏物诗中物与人之间的关系做了分析。如陆机《园葵》：

> 种葵北园中，葵生郁萋萋。
> 朝荣东北倾，夕颖西南晞。
> 零露垂鲜泽，朗月耀其辉。
> 时逝柔风戢，岁暮商飙飞。
> 曾云无温夜，严霜有凝威。
> 幸蒙高墉德，玄景荫素蕤。
> 丰条并春盛，落叶后秋衰。
> 庆彼晚凋福，忘此孤生悲。

该诗除了借物抒情、托物起兴外，还以细腻的笔法、精美的辞藻来描写自然景物冬葵，冬葵历经风霜而后凋，使之具有独立的审美价值，作者为之忘掉自己孤苦悲凉的生活。

东晋的咏物诗因诗人具有追求平静与安宁的心境，摆脱了中朝士人对物欲与感官的强烈追求，以归隐田园作为精神慰藉。再加之，玄学与山水成为士人精神取向的目标。所以，这一时期并没有出现大量咏物诗篇。东晋大诗人陶渊明《归鸟四首》与《饮酒·其四》"栖栖失群鸟"，以"鸟"为歌咏对象，寄寓着作者的人生理想，表现出作者无拘无束的人生态度。如《饮酒·其四》：

> 栖栖失群鸟，日暮犹独飞。
> 徘徊无定止，夜夜声转悲。
> 厉响思清远，去来何所依。
> 因值孤生松，敛翮遥来归。
> 劲风无荣木，此荫独不衰。
> 托身已得所，千载不相违。

该诗借流离失所的小鸟终于找到了归宿，表达自己远离尘世，归隐田园的决心。

南北朝的咏物诗诗人有刘宋之际的谢灵运、颜延之、鲍照。其中，鲍照的咏物诗成就较高，如托物言志的咏物诗《梅花落》：

> 中庭多杂树，偏为梅咨嗟。
>
> 问君何独然？念其霜中能作花，露中能作实。
>
> 摇荡春风媚春日，念尔零落逐寒风，徒有霜华无霜质。

南朝也有专门咏物且具有审美效果的咏物诗，如鲍照《咏白雪诗》："白珪诚自白，不如雪光妍。工随物动气，能逐势方圆。无妨玉颜媚，不夺素缯鲜。投心障苦节，隐迹避荣年。兰焚石既断，何用恃芳坚。"诗人以细腻的笔法描绘了独特的雪景，对雪的色彩和外部形态进行了细致逼真的描写，表达了对雪的喜爱之情。鲍照《山行见孤桐》："桐生丛石里，根孤地寒阴。上倚崩岸势，下带洞阿深。奔泉冬激射，雾雨夏霖浮。未霜叶已肃，不风条自吟。昏明积苦思，昼夜叫哀禽。弃妾望掩泪，逐臣对抚心。虽以慰单危，悲凉不可任。幸愿见雕斫，为君堂上琴。"诗人写孤桐根孤地寒，上依危岸，下临深渊，处境十分危险，而且还受到风霜雨雪的摧残，可是，它却屹立不倒，从而带给作者一丝希望。综上，鲍照已开始关注咏物诗中物象本身所具有的独特美学价值，为齐梁咏物诗的出现奠定基础。

齐梁永明时期咏物诗的诗人以沈约和谢朓为代表的"竟陵八友"为主。咏物诗在此时不仅题材更加丰富，视野更加扩大，而且君臣也特别重视咏物诗的创作。究其原因之一是取士标准发生了变化。如《梁书·江淹任昉传论》中提到"二汉求贤，率先经术，近世取人，多由文史"。以文史评人，取士标准更加细化。这一时期的咏物诗如萧衍《咏烛诗》《咏笔诗》《咏笛诗》，如沈约《咏新荷应诏》《听鸣蝉应诏》《咏雪应令诗》等。其中沈约《咏雪应令诗》：

> 思鸟聚寒芦，苍云轸暮色。
>
> 夜雪合且离，晓风惊复息。
>
> 婵娟入绮窗，徘徊惊情极。
>
> 弱挂不胜枝，轻飞屡低翼。
>
> 玉山聊可望，瑶池岂难即。

该诗通过对飞鸟、苍云、晓风、枝头等自然的景象描写，表达了诗人对大自然的喜爱之情。

南北朝时期的咏物诗人及作品数量较多，个性鲜明。吴均《咏宝剑诗》、何逊《咏早梅》。梁后期的萧纲文学集团诗人咏物诗更多，如萧纲《雪里觅梅花诗》、萧绎《咏池中烛影诗》。梁代后期的咏物诗不仅题材拓宽了，而且笔法细腻。这一时期的咏物诗最大的特点是把女性作为咏物诗歌咏的对象，表现出女性独特的柔美。如萧纲《咏舞·其一》："戚里多妖丽，重聘蔑燕余。逐节工新舞，娇态似凌虚。纳花承褶襜？垂翠逐珰舒。扇开衫影乱，巾度履行疏。徒劳交甫忆，自有专城居。"诗人虽说咏舞，但更多的是表现对舞姬舞姿的惊叹，写眼中的舞姬，从侧面写起，舞场，极富关感。温子昇《咏花蝶》："素蝶向林飞，红花逐风散。花蝶俱不息，红素还相乱。芬芬共袭予，葳蕤从可玩。不慰行客心，遽动离居叹。"这首诗写出了春日里，红花素蝶在空中翻飞起舞的景象，惟妙惟肖，栩栩如生。

唐代咏物诗进入了鼎盛时期。初唐的咏物诗主要包括四部分：其一是唐太宗以及初唐宫廷文人的咏物诗，如唐太宗李世民《赋得樱桃》《赋得浮桥》《赋得花庭雾》《咏雪》《咏风》《咏乌代陈师道》《春池柳》《远山澄碧雾》，虞世南《咏萤》《蝉》《飞来双白鹤》《发营逢雨应诏》《赋得临池竹应制》，李百药《咏蝉》《咏萤火示情人》等。其二是"上官体"绮艳秾丽的咏物诗，如上官仪《咏雪应诏》《咏画障》《入朝洛堤步月》《从驾间山咏马》。除"上官体"咏物诗外，李峤《杂咏诗》共一百二十首，他是唐代第一位大规模创作咏物组诗的诗人。其三是"初唐四杰"创作的咏物诗，如王勃《咏风》、杨炯《梅花落》、卢照邻《浴浪鸟》、骆宾王《咏镜》。其四是陈子昂创作的咏物诗，如《感遇·兰若生春夏》：

> 兰若生春夏，芊蔚何青青。
> 幽独空林色，朱蕤冒紫茎。
> 迟迟白日晚，袅袅秋风生。
> 岁华尽摇落，芳意竟何成。

该诗写了兰花、杜若，茎叶茂盛，青葱幽幽，秀丽芬芳。可随着时节的变化，草木飘摇零落，美好景象如何长久？由花草的飘零想到士人的命运也是如此，抒发了年华易逝，时不待我的感慨。

盛唐的咏物诗从情感类型分，主要有以下四种。一是抒发了怀才不遇的感叹，如岑参《优钵罗花歌》："白山南，赤山北。其间有花人不识，绿茎碧叶好颜色。叶六瓣，花九房。夜掩朝开多异香，何不生彼中国兮生西方。移根在庭，媚我公堂。耻与众草之为伍，何亭亭而独芳。何不为人之所赏兮，深山穷谷委严霜。吾窃悲阳关道路长，曾不得献于君王。"如王泠然《古木卧平沙》："古木卧平沙，摧残岁月赊。有根横水石，无叶拂烟霞。春至苔为叶，冬来雪作花。不逢星汉使，谁辨是灵槎。"二是抒发了对现实和政治的不满，如储光羲《群鸦咏》："新宫骊山阴，龙衮时出豫。朝阳照羽仪，清吹肃逵路。群鸦随天车，夜满新丰树。所思在腐余，不复忧霜露。河低宫阁深，灯影鼓钟曙。缤纷集寒枝，矫翼时相顾。冢宰收琳琅，侍臣尽鸳鹭。高举摩太清，永绝矰缴惧。兹禽亦翱翔，不以微小故。"三是抒发了对自我高洁品质的赞扬，如李白《南轩松》："南轩有孤松，柯叶自绵幂。清风无闲时，潇洒终日夕。阴生古苔绿，色染秋烟碧。何当凌云霄，直上数千尺。"四是抒发了对处于生活困顿中的百姓不幸遭遇的深切同情，如杜甫《枯棕》："蜀门多棕榈，高者十八九。其皮割剥甚，虽众亦易朽。徒布如云叶，青黄岁寒后。交横集斧斤，凋丧先蒲柳。伤时苦军乏，一物官尽取。嗟尔江汉人，生成复何有。有同枯棕木，使我沉叹久。死者即已休，生者何自守。啾啾黄雀啁，侧见寒蓬走。念尔形影干，摧残没藜莠。"诗人通过写枯棕，言民生之疾苦。

中唐咏物诗坛上出现了许多杰出诗人，如韦应物、刘长卿、白居易、元稹、刘禹锡、韩愈、孟郊等。韦应物咏物诗《杂体五首》表现了自己对社会现实的高度关注，还有他的《咏玉》《咏露珠》《咏珊瑚》《咏水精》《咏琉璃》《咏琥珀》，这些诗作表达自己对质朴人格理想的追求。白居易的咏物诗多以针砭时弊、讽刺时事为主，如《羸骏》"骅骝失其主，羸饿无人牧。向风嘶一声，莽苍黄河曲。蹋冰水畔立，卧雪冢间宿。岁暮田野空，寒草不满腹。岂无市骏者，尽是凡人目。相马失于瘦，遂遗千里足。村中何扰扰，有吏征刍粟。输彼军厩中，化作驽骀肉。"韩孟诗派的咏物诗在构思上想象新颖，立意奇特，在审美上，以丑为美，如韩愈《昼月》和孟郊《蜘蛛讽》。

晚唐的咏物诗坛创作活跃、作品甚多。晚唐的政治环境十分复杂，唐王朝日渐衰落，内有朋党之争与宦官之祸，地方上藩镇势力拥兵自重，外有边境吐蕃、回鹘侵扰不断。正是由于晚唐政局的风云变化和动荡不安，使当时的诗人平添朝不保夕的忧虑，也给他们的心理造成难以抚慰的创伤。诗人通过眼前的花草树木、鸟兽虫鱼及周围的琐碎器物来抒写个人心中的苦闷与忧伤，如李商隐的咏物诗《流莺》："流莺漂荡复参差，度陌临流不自持。巧啭岂能无本意？良辰未必有佳期。风朝露夜阴晴里，万户千门开闭时。曾苦伤春不忍听，凤城何处有花枝。"诗人借流莺暗喻自己，寄托身世之感，抒发自己漂泊无依、壮志未酬、怀才不遇的苦闷之情。晚唐的咏物诗也有闲适恬淡的风格。诗人目光开始由社会转向个人生活的小圈子，或赏花观月，或闲聊家常，他们把目光聚焦在身边的琐碎之物，歌咏万物，表达恬淡的生活乐趣。恬淡风格的咏物诗人以皮日休与陆龟蒙为代表，他们交往切磋，互相酬唱。陆龟蒙《渔具诗十五首》和皮日休《奉和鲁望渔具诗十五咏》以咏渔具为主，叙写闲适恬淡的生活，十分惬意盎然。

二、咏物诗的特点

咏物诗题材丰富，主题多样，从题材角度分，大致可以分为三类。

其一是描摹情态类的咏物诗。这类咏物诗只是对物象进行生动形象的情态描摹，借以抒发对所咏之物的喜爱之情，并无其他深刻的寓意，如唐罗隐《柳》："灞岸晴来送别频，相偎相倚不胜春。自家飞絮犹无定，争解垂丝绊路人。"诗人表达了对柳枝的喜爱之情。

其二是托物言志类的咏物诗。这类咏物诗以描写具体的物象为主，但仔细品味后，才发觉作者运用了象征的写作手法，以物来比喻自己的志向与抱负，如虞世南《蝉》："垂緌饮清露，流响出疏桐。居高声自远，非是藉秋风。"蝉具有栖高饮露、生性高洁、声音远播等特点，诗人用蝉表达了只要自己品性高洁，声名自然远扬。

其三是写物抒怀类咏物诗。这类咏物诗数量较多，和托物言志的咏物诗有许多相似之处，只是抒发的情感相对来说是抽象的，与所咏之物的具体环境和作者本身所处的环境有密切的关系，如李贺《马诗二十三首·其五》："大漠沙如雪，燕山月似钩。何当金络脑，快走踏清秋。"诗人刻画了一匹威武雄健，想要驰骋疆场、大显身手的骏马形象，以此表达渴望建功立业的政治抱负和怀才不遇的激愤之情。

咏物诗常常托物言志、借物喻人，常见诗歌意象有以下几种。

（一）梅

梅花因生长环境清幽、绝俗、苦寒等，常具有剪雪裁冰，一身傲骨的特点。它们常被诗人自喻，用以表达不与世俗同流合污的品性，淡泊名利的佳境，顽强不屈的精神。如李商隐《忆梅》："定定住天涯，依依向物华。寒梅最堪恨，常作去年花。"诗人借咏梅花，抒发身世悲叹之感。

（二）兰

兰花因清雅幽香，姿态优美，含羞待放，纯洁柔韧，所以它常用来比喻高洁美好的品质，如李白《古风》："孤兰生幽园，众草共芜没。虽照阳春晖，复悲高秋月。飞霜早淅沥，绿艳恐休歇。若无清风吹，香气为谁发。"

（三）竹

竹子具有亭亭而立，节节而高的特点。再加之竹本固性直、心空节贞、绿荫葱茏，常用来比喻正直谦虚，坚贞高洁；或常用来指贤才，以象征正直不屈的骨气。如李贺《竹》："入水文光动，抽空绿影春。露华生笋径，苔色拂霜根。织可承香汗，裁堪钓锦鳞。三梁曾入用，一节奉王孙。"

（四）菊

　　菊因凌霜自行，不畏严寒，不趋炎附势，生性淡泊，常作为隐者的象征。钟会在《菊赞》中概括出菊有"五美"："圆花高悬，准天极也；纯黄不杂，后土色也；早植晚发，君子德也；冒霜吐颖，象贞质也；杯中体轻，神仙食也。"（严可均，《全上古三代秦汉六朝文》，北京：中华书局1958年12月，第1188页）诗人写菊表达对其的喜爱，如元稹《菊花》"不是花中偏爱菊，此花开尽更无花"。或者诗人以菊自况，通过菊的高洁、幽香的品质，表达自己清高自守，不图高官厚禄，不慕荣华富贵的高尚品格。正如刘熙载在《艺概》中所说"咏物隐然只是咏怀，盖有个我也"。（刘熙载，《艺概·词曲概》，上海：上海古籍出版社，1978年12月，第72页）

（五）松　柏

　　松柏因挺拔直立，所以它是中国士子坚贞心志的写照。常用来比喻诗人的旷达磊落、与世无争的处世态度。如王维：《山居即事》"鹤巢松树遍，人访荜门稀。"

（六）牡　丹

　　牡丹因娇艳多姿，雍容华贵，所以它常常比喻富贵吉祥美好。如王建《赏牡丹》："此花名价别，开艳益皇都。香遍苓菱死，红烧踯躅枯。"

（七）野　草

　　野草因生命力极强，生生不息，所以它的坚韧不拔，顽强生命力被诗人歌咏。如白居易《赋得古原草送别》："离离原上草，一岁一枯荣。野火烧不尽，春风吹又生。"

（八）蝉

　　蝉因清露高声，所以它是高洁品质的代表。诗人常以蝉自况，表达自己对高风亮节品质的追求。如骆宾王《在狱咏蝉》："无人信高洁，谁为表予心。"

咏物诗所咏之物在诗歌中形成了较为固定的寓意，有人把常见意象的寓意写成了顺口溜。

> 松梅竹菊寓高洁，借月托雁寄乡思。
> 杜鹃鹧鸪啼凄凄，梧桐叶落透悲意。
> 别时长亭柳依依，落花流水传愁绪。
> 乌鸦燕子系兴衰，草木仍在人事移。

咏物诗常用的表现手法有托物言志、咏物抒怀、借物喻人等；修辞手法有比喻、象征、拟人、对比、衬托等；描写除了正面渲染之外，还常用侧面烘托。

咏物诗鉴赏

咏物诗的鉴赏首先要把握所咏之物的特点，包括声色形味、性质状态、所处环境等。其次体悟诗人在诗中所寄寓的情志，主要采用由物及人、知人论世、抓物象与情志的契合点等方法进行综合分析。最后，小结诗人如何由物及人。

一、骆宾王《在狱咏蝉》

> 西陆蝉声唱，南冠客思侵。
> 那堪玄鬓影，来对白头吟。
> 露重飞难进，风多响易沉。
> 无人信高洁，谁为表予心？

这首诗是骆宾王在高宗仪凤三年（678年），因上书讽谏触怒武后，被诬以贪赃罪下狱时所作。诗人借物抒情，抒发了高洁的品行蒙冤受屈的愤慨。

首联采用起兴的手法，秋蝉高唱，不绝于耳，叫人不得安宁，由蝉声引出客思。诗人在狱中深深地怀想自己的家园，再引用"南

咏物诗

冠"典故，诗人以钟仪自喻。《左传·成公·成公九年》记载："晋侯观于军府，见钟仪。问之曰：'南冠而系者谁也？'有司答曰：'郑人所献楚囚也。'""南冠"是说钟仪乃楚国的囚徒，晋侯见他气宇不凡，与他进行了交谈。诗人用此典故，是因为他此时身陷囹圄，与钟仪遭遇相同。

颔联是诗人哪能再看秋蝉的黑色翅膀，它能一展歌喉，尽情高唱，而自己却已暮年，但壮志满怀，经历政治上的种种折磨，一事无成，还被囚禁，如何实现人生志向呢？《白头吟》传说是西汉时卓文君写给司马相如的诀别书。诗人巧妙地借用这一典故，表达执政者辜负了他对国家的一片忠爱之心，同时也发出了英雄无用武之地的叹息。

颈联采用比喻的修辞手法，用"露水重"，"蝉翼湿"，难以向前飞进，比喻自己处境艰难，政治上不得志，冤屈不能伸。用风声越大，蝉声便显得低沉，比喻自己在众口一词的情况下，有口莫辩，言论上受压制。

尾联采用直抒胸臆的表达方式，将满腔悲愤一泻而出。诗人高洁的品质不为世人所了解，反而被诬下狱。诗人继续以蝉自喻，高居树上的秋蝉，餐风饮露，有谁相信它不食人间烟火？只有蝉和诗人才能互相理解，蝉为诗人高歌，诗人为蝉而写诗。

整首诗因蝉而触发感想，又用蝉自喻，由蝉到诗人，由诗人到蝉，自然真切，达到了物我一体的境界。用典自然，语言含蓄。

二、刘禹锡《赏牡丹》

> 庭前芍药妖无格，池上芙蕖净少情。
> 唯有牡丹真国色，花开时节动京城。

这首诗前两句用衬托的手法，用"芍药妖无格"和"芙蕖净少情"衬托牡丹之高贵富丽。芍药虽妖娆但格调不高；芙蕖虽纯洁却寡情。通过以上描写，衬托出牡丹兼具"妖、净、格、情"四种特点，可谓花中之最美者。

首句先写芍药，芍药被人们喜爱起源于《诗经》。《诗经·国风·郑风·溱洧》："溱与洧，方涣涣兮。士与女，方秉蕳兮。女曰观乎？士曰既且，且往观乎！洧之外，洵訏且乐。维士与女，伊其相谑，赠之以勺药。溱与洧，浏其清矣。士与女，殷其盈矣。女曰观乎？士曰既且，且往观乎！洧之外，洵訏且乐。维士与女，伊其将谑，赠之以勺药。"但是到了唐代武则天执政以后，牡丹的地位上升，芍药地位的下降，所以刘禹锡认为芍药格调不高。

诗歌第二句写芙蕖即荷花，屈原赞美其出淤泥而不染的洁白无瑕。大概由于它亭亭玉立于池塘水面之上，离人较远。诗人觉得荷花虽纯洁却寡情，为后两句推出诗人心爱之花做铺垫。

诗歌第三四句使用了对比和拟人手法，"国色"本指一国之中最美的女子，这里用来写牡丹，便将牡丹的超群姿色表现了出来，拟人用得恰到好处。同时，把牡丹与"芍药""芙蕖"做对比，突出牡丹的妖娆富贵，它是诗人心中最美的花。"花开时节动京城"既反映了京城人赏花倾城而动的习俗，又从侧面衬托了牡丹花的无穷魅力，呼应了上句中的"真国色"。

这首诗语言凝练，写了芍药、芙蕖、牡丹三种花，而其中又反映了诗人深刻的审美意识。诗人对芍药与荷花的评价，不失偏颇，但重点指向牡丹的姿色，意味深长。作为花木，本来无所谓格调高下和感情的多寡，但诗人用拟人和衬托的手法，从侧面描写牡丹之美。诗歌巧妙生动地把自然美变成了艺术美，诗人留下了千古名句，至今传诵。

三、咏物诗推荐阅读诗篇

咏物诗遵循了儒家"温柔敦厚"诗教传统，委婉含蓄地表达情感。咏物诗托物言志、借物喻人的写法，将物与人的情感有机地联系在一起。咏物诗所咏之物，因带有诗人的真情实感，而别具一格，韵味无穷。唐代咏物诗人及作品推荐如下。

1. 初唐·卢照邻

曲池荷

浮香绕曲岸，圆影覆华池。
常恐秋风早，飘零君不知。

2. 初唐·骆宾王

咏 鹅

鹅，鹅，鹅，曲项向天歌。
白毛浮绿水，红掌拨清波。

咏 尘

凌波起罗袜，含风梁素衣。
别有知音调，闻歌应自飞。

3. 初唐·贺知章

咏 柳

碧玉妆成一树高，万条垂下绿丝绦。
不知细叶谁裁出，二月春风似剪刀。

4. 盛唐·顾况

子 规

杜宇冤亡积有时，年年啼血动人悲。
若教恨魄皆能化，何树何山著子规。

5. 中唐·刘禹锡

陋室铭

山不在高，有仙则名。
水不在深，有龙则灵。
斯是陋室，惟吾德馨。

苔痕上阶绿，草色入帘青。

谈笑有鸿儒，往来无白丁。

可以调素琴，阅金经。

无丝竹之乱耳，无案牍之劳形。

南阳诸葛庐，西蜀子云亭。

孔子云：何陋之有？

庭　竹

露涤铅粉节，风摇青玉枝。

依依似君子，无地不相宜。

6. 中唐·白居易

草

离离原上草，一岁一枯荣。

野火烧不尽，春风吹又生。

远芳侵古道，晴翠接荒城。

又送王孙去，萋萋满别情。

7. 中唐·柳宗元

早　梅

早梅发高树，迥映楚天碧。

朔吹飘夜香，繁霜滋晓白。

欲为万里赠，杳杳山水隔。

寒英坐销落，何用慰远客。

8. 中唐·元稹

菊　花

秋丛绕舍似陶家，遍绕篱边日渐斜。

不是花中偏爱菊，此花开尽更无花。

9. 中唐·李贺

马诗二十三首·其五

大漠沙如雪，燕山月似钩。
何当金络脑，快走踏清秋。

10. 晚唐·杜牧

紫薇花

晓迎秋露一枝新，不占园中最上春。
桃李无言又何在，向风偏笑艳阳人。

早 雁

金河秋半虏弦开，云外惊飞四散哀。
仙掌月明孤影过，长门灯暗数声来。
须知胡骑纷纷在，岂逐春风一一回？
莫厌潇湘少人处，水多菰米岸莓苔。

鹭 鸶

雪衣雪发青玉嘴，群捕鱼儿溪影中。
惊飞远映碧山去，一树梨花落晚风。

11. 晚唐·李商隐

落 花

高阁客竟去，小园花乱飞。
参差连曲陌，迢递送斜晖。
肠断未忍扫，眼穿仍欲归。
芳心向春尽，所得是沾衣。

12. 晚唐·黄巢

不第后赋菊

待到秋来九月八，我花开后百花杀。
冲天香阵透长安，满城尽带黄金甲。

13. 晚唐·罗隐

蜂

不论平地与山尖，无限风光尽被占。
采得百花成蜜后，为谁辛苦为谁甜？

14. 晚唐·皮日休

咏白莲（其二）

细嗅深看暗断肠，从今无意爱红芳。
折来只合琼为客，把种应须玉鳖塘。
向日但疑酥滴水，含风浑讶雪生香。
吴王台下开多少，遥似西施上素妆。

15. 晚唐·杜荀鹤

小　松

自小刺头深草里，而今渐觉出蓬蒿。
时人不识凌云木，直待凌云始道高。

16. 晚唐·郑谷

莲　叶

移舟水溅差差绿，倚槛风摇柄柄香。
多谢浣溪人不折，雨中留得盖鸳鸯。

格律诗写作

格律诗写作主要包括内容写作和形式写作两方面。内容写作要注重文化底蕴深厚，思想主题鲜明，题材内容丰富；形式写作要注重字数、句数、押韵、平仄、对仗的要求与规定。本章主要从形式写作角度，分析格律诗的写作与规则。

形式写作

一、字数、句数规则

格律诗的句数只能是四句或者八句，每句只能是五个字或者七个字。此规则可以简单概括"篇有定句"和"句有定字"。五言四句的结构叫五言绝句，七言四句的结构叫七言绝句，五言八句的结构叫五言律诗，七言八句的结构叫七言律诗。如果突破了字数句数限制，就不能称之为格律诗。但是，排律诗除外。

二、押韵规则

格律诗押韵的规则是指诗歌偶数句的最末一字（又称韵脚字）必须押韵。奇数句最末一字不押韵，但首句最末一字可以押韵亦可不押韵。韵脚字要用声母不同，韵母相同或相近的字。如果有两个韵脚字是声母和韵母都相同的字，即所谓的同音字，则违反了押韵要求，称为"重韵"。韵脚分析如下。

登鹳雀楼

白日依山尽，
黄河入海流（-iú）。
欲穷千里目，
更上一层楼（-óu）。

这首诗押下平声十一尤韵，韵脚字是"流""楼"。

静夜思

床前明月光（-uang），
疑是地上霜（-uang），
举头望明月，
低头思故乡（-iang）。

这首诗押下平声七阳韵，韵脚字是"光""霜""乡"。

格律诗的押韵有以下几条规则，初学者需要掌握。

第一，每首诗押韵必须一韵到底，排律同样如此。首句可以押韵，也可以不押韵，偶句必须押韵；押平声韵的是正格，押仄声韵的是变格。所谓"一韵到底"是指韵脚字必须在同一韵部。如：

中秋月·其二（五言绝句）

李　峤

圆魄上寒空，皆言四海同。
安知千里外，不有雨兼风。

这首诗押上平声一东韵，韵脚字是"空""同""风"，正格。

桃花溪（七言绝句）

张　旭

隐隐飞桥隔野烟，石矶西畔问渔船。
桃花尽日随流水，洞在清溪何处边？

这首诗押下平声一先韵，韵脚字是"烟""船""边"，正格。

寒闺怨（七言绝句）

白居易

寒月沉沉洞房静，真珠帘外梧桐影。
秋霜欲下手先知，灯底裁缝剪刀冷。

这首诗押上声二十三梗韵，韵脚字是"静""影""冷"，变格。

夜宿七盘岭（五言律诗）

沈佺期

独游千里外，高卧七盘西。
晓月临窗近，天河入户低。
芳春平仲绿，清夜子规啼。
浮客空留听，褒城闻曙鸡。

这首诗押上平声八齐韵，韵脚字是"西""低""啼""鸡"，正格。

望蓟门（七言律诗）

祖 咏

燕台一去客心惊，箫鼓喧喧汉将营。
万里寒光生积雪，三边曙色动危旌。
沙场烽火连胡月，海畔云山拥蓟城。
少小虽非投笔吏，论功还欲请长缨。

这首诗押下平声八庚韵，韵脚字是"惊""营""旌""城""缨"，正格。

第二，首句可以借用邻韵来押韵。这种情况盛唐前较少，中唐后增多，到了晚唐渐趋普遍，到宋代则成相当普遍了。

马诗二十三首·其十（五言绝句）

李 贺

催榜渡乌江，神骓泣向风。
君王今解剑，何处逐英雄。

"江"是上平声三江韵；"风""雄"是上平声一东韵，这首诗首句借用邻韵"江"韵来押韵。

访戴天山道士不遇（五言律诗）

李 白

犬吠水声中，桃花带露浓。
树深时见鹿，溪午不闻钟。
野竹分青霭，飞泉挂碧峰。
无人知所去，愁倚两三松。

"中"是上平声一东韵；"浓""钟""峰""松"是上平声二冬韵，这首诗首句借用邻韵"东"韵来押韵。

清明（七言绝句）

杜　牧

清明时节雨纷纷，路上行人欲断魂。
借问酒家何处有，牧童遥指杏花村。

"纷"是上平声十二文韵；"魂""村"是上平声十三元韵，这首诗首句借用邻韵"文"韵来押韵。

牡丹（七言律诗）

李商隐

锦帏初卷卫夫人，绣被犹堆越鄂君。
垂手乱翻雕玉佩，折腰争舞郁金裙。
石家蜡烛何曾剪，荀令香炉可待熏。
我是梦中传彩笔，欲书花叶寄朝云。

"人"是上平声十一真韵；"君""裙""熏""云"是上平声十二文韵，这首诗首句借用邻韵"真"韵来押韵。

　　所谓"邻韵"，具有两个主要特征：前后排列相邻的韵部；虽不相邻，但语音接近之韵。按照平水韵，大体上可分为以下九类：（1）东、冬；（2）江、阳；（3）支、微、齐；（4）鱼、虞；（5）佳、灰；（6）真、文、元、寒、删、先；（7）萧、肴、豪；（8）庚、青、蒸；（9）覃、盐、咸。首句借押邻韵，古人称之"孤雁出群"，生动形象。

　　第三，除首句可借用邻韵外，其他偶句的韵脚不得出韵，出韵也叫违韵。违韵为不合格的落韵诗，这是格律诗之大忌。同时，不得转韵，不得重韵。

　　押韵造成了诗歌语言形式的回环复沓之美。施东向认为利用相同的韵在诗歌中造成周期性的重复，在吟诵者和聆听者听觉上造成一种回环的美感。心理学理论指出当人们的期待得到实现时，内心会产生快感和美感。诗句的第一个入韵字往往给人暗示，使人产生期待。当下一个入韵字按照预期的节奏来到时，这种回环的美感便会产生，而且会对人的理解、记忆产生帮助。

三、平仄规则

格律诗的平仄规则可简单定为"字有定声"。平仄的规则也是粘对规则,所谓"粘"就是平声字粘平声字,仄声字粘仄声字。后联出句第二字要与前联对句第二字相一致。所谓"对"就是平声字对仄声字,仄声字对平声字,在对句中平仄是对立的。具体的平仄规则如下。

(一)每一句之内,平仄交错

每一句诗中的第二、四、六字要求安排为平声字、仄声字、平声字,或者安排为仄声字、平声字、仄声字。平声字与仄声字要交替。

以下是几种标准律句的平仄格式:

五言绝句

仄仄平平仄
平平仄仄平
平平平仄仄
仄仄仄平平

登鹳雀楼

王之涣

白日依山尽,
仄仄平平仄
黄河入海流。
平平仄仄平
欲穷千里目,
仄平平仄仄
更上一层楼。
仄仄仄平平

注:这首诗中的入声字有"白""日""欲""目",统一划在仄声类。

七言绝句

平平仄仄平平仄

仄仄平平仄仄平

仄仄平平平仄仄

平平仄仄仄平平

江南逢李龟年

杜　甫

岐王宅里寻常见，

平平仄仄平平仄

崔九堂前几度闻。

平仄平平仄仄平

正是江南好风景，

仄仄平平仄平仄

落花时节又逢君。

仄平平仄仄平平

注：这首诗中的入声字有"宅""九""落""节"，统一划在仄声类。

五言律诗

仄仄平平仄

平平仄仄平

平平平仄仄

仄仄仄平平

仄仄平平仄

平平仄仄平

平平平仄仄

仄仄仄平平

送友人

李　白

青山横北郭，
平平平仄仄
白水绕东城。
仄仄仄平平
此地一为别，
仄仄平平仄
孤蓬万里征。
平平仄仄平
浮云游子意，
平平平仄仄
落日故人情。
仄仄仄平平
挥手自兹去，
平仄仄平仄
萧萧班马鸣。
平平平仄平

注：这首诗中的入声字有"北""郭""白""别""落""日"，统一划在仄声类。

七言律诗

平平仄仄平平仄
仄仄平平仄仄平
仄仄平平平仄仄
平平仄仄仄平平
平平仄仄平平仄
仄仄平平仄仄平
仄仄平平平仄仄
平平仄仄仄平平

登　高

杜　甫

风急天高猿啸哀，

平仄平平平仄平

渚清沙白鸟飞回。

仄平平仄仄平平

无边落木萧萧下，

平平仄仄平平仄

不尽长江滚滚来。

仄仄平平仄仄平

万里悲秋常作客，

仄仄平平平仄仄

百年多病独登台。

仄平平仄仄平平

艰难苦恨繁霜鬓，

平平仄仄平平仄

潦倒新停浊酒杯。

平仄平平仄仄平

注：这首诗中的入声字有"急""白""落""木""不""作""客"
"百""独""浊"，统一划在仄声类。

（二）一联之内，平仄对立

一联之内出句的第二、四、六字，如果安排为平声字、仄声字、
平声字，那么对句则要求安排为仄声字、平声字、仄声字；反之，
如果出句是仄声字、平声字、仄声字，那么对句应是平声字、仄声
字、平声字。

（三）两联之间，平仄相粘

两联之间的平仄关系，要求第一联的对句和第二联出句的平仄
关系是"相粘"，所谓"相粘"就是平声字粘平声字，仄声字粘仄声
字。这两句的第二、四、六字，要么都是平声字、仄声字、平声字，
要么都是仄声字、平声字、仄声字。

粘对的作用是使声调多样化。在诗句均为律句的前提下，如果不对，上下两句平仄就雷同了；如果不"粘"，前后两联平仄又雷同了。违反了粘的规则叫失粘；违反了对的规则叫失对。

格律诗的平仄可以用口诀简单概括为"一三五不论，二四六分明"。意思在一句诗里，第一、三、五字，可用平声字，亦可用仄声字，即为"不论"；而第二、四、六字，则必须按既定的格式严格用律，即为"分明"。当然，这种情况只能用在标准句式律句中，如果是拗句，则不能成立。

如果格律诗某一句或两句不依照一般平仄进行粘对，称之为拗句。诗人对于拗句，往往用"救"的方式进行弥补。具体类型请参照第一章内容，此处不再赘述。格律诗的平仄分析要注意识别入声字，此部分内容详见附录王力先生《诗韵常用字表》。

平仄举例：

赋得古原草送别

白居易

离离原上草，
平平平仄仄
一岁一枯荣。
仄仄仄平平
野火烧不尽，
仄仄平仄仄
春风吹又生。
平平平仄平
远芳侵古道，
仄平平仄仄
晴翠接荒城。
平仄仄平平
又送王孙去，
仄仄平平仄
萋萋满别情。
平平仄仄平

注：这首诗中的入声字有"得""不""接""别"，统一划在仄声类。

四、对仗规则

格律诗在对仗方面的规则是"律有定对"。所谓对仗，就是一联中的出句和对句在某个相应位置上的词或词组性质相同，也就是名词对名词，动词对动词，偏正词组对偏正词组，动宾词组对动宾词组等。对仗的基本要求：首先字数、句数相等；其次平仄相对，上联以仄声收尾，下联以平声收尾；其次，意思相对或相反；最后，出句与对句的字一般不得重复。律诗的颔联和颈联要求对仗，绝句不做要求。对仗体现了近体诗的对称美，大致可以分为以下几种对仗形式。

（一）工　对

工对是指句式结构完全一致，相对位置上不仅词性大致相同，而且意义大致相同。

词义的分类：

（1）天文：天、日、月、星辰、阴阳、斗宿、云霞、虹霓、霄汉、风、雨、雷、电、霜、雪、雹、露、雾、霰、烟；

（2）时令：朝、暮、晨、夕、昼、夜、早、晚、寒、暑、伏、腊、年、岁、月、日、春、夏、秋、冬、昏、晓、上元、元夕、上巳、寒食、清明、除夕；

（3）地理：土、地、山、川、江、河、潮、湖、海、池、溪、水、泉、关、塞、田野、城市、郡邑、乡镇、道路、岗谷、洞井；

（4）宫室：房、屋、庐、舍、楼台、殿堂、馆阁、亭榭、轩栏、窗、圃、斋、阶砌、亭除、户牖、梁柱、堞甍；

（5）乐律：钟、鼓、琴、瑟、笛、箫、竿、琵琶、笭篒；

（6）武备：将、兵、阵、营、甲、戈、矛、剑、戟；

（7）珍宝：金、银、铜、铁、锡、玉、璧、珊瑚、玛瑙；

（8）器用：舟、船、车、床、榻、席、鼓、角、刀、枪、剑、灯、镜、壶、杯；

（9）服饰：衣、裳、裙、巾、冠、环、佩、带、鞋、袍、盔、甲、裘、襦、衫；

（10）饮食：酒、茶、糕、饼、茗、酿、浆、饭、肴、蔬、菜、粥、盐、汤、蜜；

（11）花木：树、花、草、藤、杨、柳、菊、桂、兰、枝、条、桃、杏、李、梅；

（12）文具门：笔、墨、纸、砚、印、筹、书、策、翰、毫、琴、弦、笛；

（13）文学门：诗、书、赋、檄、章、句、经、论、集、文、字、信、缄、令、符、旨；

（14）禽兽：马、牛、鸡、犬、羊、虎、豹、龙、鱼、鸟、凤、燕、蜂、蝶、雁、鹊、雀；

（15）形体：心、肌、肤、骨、肉、头、肩、眼、鼻、耳、手、足、胸、背、牙、爪；

（16）人事门：功、名、恩、怨、才、情、吟、笑、谈、言、论、感、宠、爱、憎、品、行；

（17）人伦门：父、母、兄、弟、妻、子、女、君、臣、朋、友、叔、伯、圣、贤、仙、道；

（18）方位对：东、南、西、北、中、外、里、边、前、后、上、下、左、右；

（19）数目对：一、二……千、万、亿、兆、京、双、两、孤、独、群、几、半、众；

（20）颜色对：红、黄、白、黑、青、绿、紫、碧、翠、蓝、朱、丹、玉、银、玄、素；

（21）干支对：甲、乙、丙、丁、戊、己、庚、辛、壬、癸、子、丑、寅、卯、辰、巳、午、未、申、酉、戌、亥。

工对是格律诗常见的一种对仗形式，下面是"天文对""时令对"诗句，其他门类的工对诗句，兹不赘述。

① 天文对如下：

太液**天**为水，蓬莱**雪**作山。（宗楚客《奉和人日清晖阁宴群臣遇雪应制》）

月下飞天镜，**云**生结海楼。（李白《渡荆门送别》）

星临万户动，**月**傍九霄多。（杜甫《春宿左省》）

露从今夜白，**月**是故乡明。（杜甫《月夜忆舍弟》）

星垂平野阔，**月**涌大江流。（杜甫《旅夜书怀》）

② 时令对如下：

晓战随金鼓，**宵**眠抱玉鞍。（李白《塞下曲六首》其一）

几时杯重把，**昨夜**月同行。（杜甫《奉济驿重送严公四韵》）

王步高先生认为有些同门类的词，在文章里常被用为对称者，如"歌舞""声色""心迹""老病"等，如果用为对仗，就被认为最工。有些词虽不同门，甚至不同类，但常被用为对称，如"诗酒""金玉""金石""人地""人物""兵马"等，如果用为对仗，也被认为最工，如：

敏捷**诗**千首，飘零**酒**一杯。（杜甫《不见》）

草青临水**地**，头白见花**人**。（白居易《感春》）

晓战随**金**鼓，宵眠抱**玉**鞍。（李白《塞下曲六首》之一）

王步高先生认为"无""不"，一个是动词，一个是副词，但因为它们都是否定词，所以常被用为对仗。这样，"无"字下面自然是名词，"不"字下面自然是动词或形容词，在词性上虽不相对，也可认为是工对。在一联对仗中，只要多数字对得工整，就是工对，如李商隐《无题》中的"身无彩凤双飞翼，心有灵犀一点通"，"身无"对"心有"，"彩凤"对"灵犀"，"双飞"对"一点"，都非常工整；而"翼"对"通"，却不怎么工整；"通"为不及物动词，在这里可作为名词用，整个对仗还是工整的。

（二）邻　对

邻对是近体诗对仗中的一种。用词义门类比较接近的词相对，便叫"邻对"。所谓词义门类相近，如天文与时令、地理与宫室、器物与衣饰、植物与动物、方位与数量等。用这些意义接近的词相对，就是邻对，如白居易《感春》："草青临水地，头白见花人。"虽然"草"与"头"不同类，"水"与"花"不同类，"地"与"人"不同类，但往往可以算是邻对。

（三）正　对

正对是指出句与对句词的意思是同一方向并立的，相互补充，相互烘托，如杜甫《登楼》中的"锦江春色来天地，玉垒浮云变古今"。这类对仗虽然上下两句意思同时存在，并排而立，但各具意义，内容并不相同。正对上下两句的内容，须力避同义、近义。因为短小的近体诗中须包含丰富的内容，若出现重复内容，哪怕是一点，也会使诗作显得臃肿、苍白。

（四）反　对

反对是指出句与对句的意思反向并立，具有强烈对比、映衬作用，如杜甫《将赴成都草堂途中有作先寄严郑公》中的"新松恨不高千尺，恶竹应须斩万竿"。这类对仗揭示尖锐矛盾，表达爱憎分明，形象对比强烈，具有很高的艺术感染力。

（五）流水对

流水对指出句跟对句的意思上下贯通，一脉相承。普通的对仗，上下两句所述的是并列的事物或是平行的事件，即使两句互换，原则上是不影响其意思的。流水对则不同，两句有时间上的先后，逻辑上的顺序、条件、判断、承接等关系，不能颠倒。流水对用得恰当，一气呵成，语意连贯，如行云流水，亦可增强诗的艺术感染力。如：

欲穷千里目，更上一层楼。（王之涣《登鹳雀楼》）
野火烧不尽，春风吹又生。（白居易《赋得古原草送别》）
承恩不在貌，教妾若为容？（杜荀鹤《春宫怨》）
那堪玄鬓影，来对白头吟。（骆宾王《在狱咏蝉》）
孤舟蓑笠翁，独钓寒江雪。（柳宗元《江雪》）
请看石上藤萝月，已映洲前芦荻花。（杜甫《秋兴八首》）

参考文献

[1] （汉）班固. 汉书[M]. 北京：中华书局，1962.

[2] （晋）范晔. 后汉书[M]. 北京：中华书局，1965.

[3] （梁）刘勰著，范文澜注. 文心雕龙注[M]. 北京：人民文学出版社，1958.

[4] （后晋）刘昫. 旧唐书[M]. 北京：中华书局，1975.

[5] （宋）欧阳修. 新唐书[M]. 北京：中华书局，1975.

[6] （宋）郭茂倩. 乐府诗集[M]. 北京：中华书局，1979.

[7] （明）胡应麟. 诗薮[M]. 上海：上海古籍出版社，1979.

[8] （清）彭定求编. 全唐诗[M]. 北京：中华书局，1960.

[9] （清）何文焕辑. 历代诗话[M]. 北京：中华书局，1981.

[10] 郭绍虞. 中国历代文论选[M]. 上海：上海古籍出版社，1982.

[11] 王瑶. 中古文学史论集[M]. 上海：上海古籍出版社，1982.

[12] 山东大学文史哲研究所编. 中国历代著名文学家评传（第二卷）[M]. 济南：山东教育出版社，1983.

[13] 丁福保辑著. 历代诗话续编[M]. 北京：中华书局，1983.

[14] 萧涤非. 汉魏六朝乐府文学史[M]. 北京：人民文学出版社，1984.

[15] 张建业. 中国诗歌简史[M]. 北京：中国青年出版社，1986.

[16] 赵永纪. 古代诗话精要[M]. 天津：天津古籍出版社，1989.

[17] 程俊英，蒋见元. 诗经注析[M]. 北京：中华书局，1991.

[18] 叶维廉. 中国诗学[M]. 北京：生活·读书·新知三联书店，1992.

[19] 葛晓音. 山水田园诗派研究[M]. 沈阳：辽宁大学出版社，1993.

[20] 罗根泽. 乐府文学史[M]. 北京：东方出版社，1996.

[21] 袁行霈. 中国文学史[M]. 北京：高等教育出版社，1999.

[22] （清）张玉穀著，许逸民点校. 古诗赏析[M]. 上海：上海古籍出版社，2000.

[23] 游国恩. 中国文学史[M]. 北京：人民文学出版社，2002.

[24] 王国璎. 中国山水诗研究[M]. 北京：中华书局，2007.

[25] 朱光宝. 魏晋南北朝诗歌变迁[M]. 成都：四川文艺出版社，2009.

[26] 葛晓音. 唐诗宋词十五讲[M]. 北京：北京大学出版社，2013.

[27] 张国祥. 全唐诗全注全评[M]. 天津：天津古籍出版社，2014.

[28] 西渡. 名家读唐诗[M]. 北京：北京联合出版公司，2017.

[29] 叶嘉莹. 叶嘉莹说初盛唐诗[M]. 北京：中华书局，2018.

[30] 杜文玉. 唐史论丛（第二十七集）[M]. 西安：三秦出版社，2018.

附　录

王力《诗韵常用字表》

（一）上平声

【一东】东同铜桐筒童僮中（中间）衷忠虫沖终戎崇嵩（崧）弓躬宫融雄熊穹穷冯风枫丰充隆空（空虚）公功工攻蒙濛笼（名词，董韵同，又动词，独用）聋栊洪红鸿虹丛翁葱聪骢通蓬篷胧忽（匆）峒狪幪忡酆棱朦昽霾

【二冬】冬农宗钟鍾龙舂松沖容蓉庸封胸雍（和也）浓重（重复，层）从（顺从，随从）逢缝（缝纫）踪茸峰蜂锋烽筇慵恭供（供给）鬆凶溶邛纵（纵横）匈兇汹丰彤

【三江】江釭（燈也）窗邦缸降（降伏）泷双庞腔撞（绛韵同）舡

【四支】支枝移为（施为）垂吹（吹嘘）陂碑奇宜仪皮儿离施知驰池规危夷师姿迟龟眉悲之芝时诗棋旗辞词期祠基疑姬丝司葵医帷思（动词）滋持随痴维厄螭麾墀弥慈遗（遗失）肌脂雌披嬉尸狸炊湄篱兹差（参差）疲茨卑亏蕤陲骑（跨马）歧岐谁斯私窥熙欺疵訾羁彝髭颐资縻饥衰锥姨楣夔祇涯（佳麻韵同）伊追缁箠椎罴簁菱匙澌治（治理，动词）骊飔尸怡尼而鸱推（灰韵同）縻璃祁绥綝羲赢骐訾狮嗤咨其漓睢蠡（瓢勺，齐韵同）迤淇淄氂斯痍貔眙鹏瓷鹚罴嵋蚩罹祌丕惟猗庳栀锤劘椅（音漪，木名）郦虽麒崎隋缌逶跐琵枇仳唯

【五微】微薇晖辉徽挥韦围帏闱违霏菲（芳菲）妃飞非扉肥威祈斾畿机几（微也，如见几）讥矶饥稀希衣（衣服）依归郗

【六鱼】鱼渔初书舒居裾车（麻韵同）渠蕖余予（我也）誉（动词）舆余胥狙锄疏（疏密）疎（同疏）蔬梳虚嘘徐猪闾庐驴诸除储如墟菹（葅）玙畬苴樗摅于茹（茅茹）沮蜍桐淤好鸀躇歔耡据（拮据）龉泃

【七虞】虞愚娱隅乌无芜巫于衢儒濡襦须鬚株诛蛛殊铢瑜榆谀愉腴区驱躯朱珠趋扶符凫雏敷夫肤纡输枢厨俱驹模谟蒲胡湖瑚乎壶狐弧孤辜姑菰徒途涂荼图屠奴呼吾梧吴租卢鲈炉芦苏酥乌汙（汙秽）枯粗都铺禺诬竽雩吁瞿敂繻需殳逾（踰）揄萸舆渝岖苻桴俘迂姝蹰拘瑜酺糊翩酤鸪沽菟覷弩遄舻徂拏泸毋芙幠轳瓠鸹侏鸜茱郦匍溥鸣泞葡蝴葇晡

【八齐】齐脐黎犁藜黧蠡（支韵同）鲡妻（夫妻）萋凄悽隄（堤）低题提蹄啼绨鹈篦鸡稽兮奚嵇蹊倪霓（蜺）醯西栖（楼）犀嘶梯鼙批（屑韵同）跻赍斋迷泥（泥土）溪圭（珪）闺携畦暌瀱

【九佳】佳街鞋牌柴钗差（差使）崖涯（支麻同韵）阶偕谐骸排乖怀淮豺侪埋霾斋娲蜗皆蛙槐（灰韵同）

【十灰】灰恢魁傀回徊（音回）槐（音回，佳韵同）枚梅媒煤瑰雷罍隤（颓）催摧堆陪杯醅嵬（贿韵同）推（支韵同）开哀埃臺苔该才材财裁来莱栽哉灾猜胎台颐（腮）孩頦偲洄崔裴培騋诙迴徘（音裴）

【十一真】真因茵辛新薪晨辰臣人仁神亲申伸绅身宾滨邻鳞麟珍瞋尘陈春津秦频蘋颦嚬银垠筠巾囷缗民贫荶（蓴）淳醇纯唇伦纶轮沦匀旬巡驯钧均臻榛姻宸寅嫔旻彬鹑皴遵循甄岷谆（震韵同）椿询恂峋溽呻磷鳞闽囵逡泯（轸韵同）诜駪湮麟燐黇荀郇蓁纫嶙氤

【十二文】文闻纹蚊雲氛分（分离）纷芬焚坟群裙君军勤斤筋勋薰曛醺荤耘云芸汾濆雾氲欣芹殷（众也）沄纭

【十三元】元原源鼋园猿辕垣烦繁蕃樊翻幡旛暄萱喧冤言轩藩魂浑温孙门尊樽（鳟）存蹲敦墩暾屯豚村盆奔论（动词）坤昏婚痕根恩吞沅湲援蹯番璠壎（埙）骞鸳掀鲲扪荪飧嵞跟袁鹓蜿崐臀

【十四寒】寒韩翰（羽翮）丹单安鞍难（艰难）餐坛滩檀弹残干肝竿乾（乾湿）阑栏澜兰看（翰韵同）刊丸桓纨端湍酸团抟攒官观

（观看）冠（衣冠）鸾銮峦欢（讙）宽盘蟠漫（大水貌）郸叹（翰韵同）摊姗珊玕奸（奸犯）棺磐潘拦完般磻狻邯

【十五删】删潸（潜韵同）关弯湾还环鬟寰班斑颁蛮颜姦（奸）攀顽山鳏闲间（中间）艰闲闲（安闲）娴悭孱（先韵同）潺（先韵同）殷（朱殷）患（谏韵同）

（二）下平声

【一先】先前千阡笺鞯天坚肩贤絃弦烟燕（国名）莲怜田填钿（霰韵同）年颠巅牵妍渊涓蠲边编玄县泉迁仙鲜（新鲜）钱煎然燃延筵氈斿鳣羶禅（参禅，逃禅）蝉缠躔连联涟篇偏便（安也）绵全宣镌穿川缘鸢铅捐旋（回旋）娟船涎鞭铨筌专砖（甄）圆员乾（乾坤）虔愆权拳椽传（传授）焉跹溅（溅溅，疾流貌）舷圜骈鹃遄翩扁（扁舟）沿诠痊悛辁畋滇汧蜓潺（删韵同）孱（删韵同）婵梗颛蹇搴癫单（单于）鹯璇棉臁

【二萧】萧箫挑（挑担）貂刁凋雕鹏迢条髫跳蜩苕调（调和）枭浇聊辽寥撩寮僚尧幺宵消霄绡销超朝潮嚣樵骄娇焦蕉椒憔饶桡烧（焚烧）遥徭姚摇谣瑶韶昭招飚标镳瓢苗描猫要（要求，要盟）腰邀鸮乔桥侨妖夭（夭夭）漂（漂浮）飘翘翛桃佻徼（徼幸，徼福）鹩飙潇骁獠鹪嘹逍憔（颡）剽嫖

【三肴】肴巢交郊茅嘲钞抄包胶爻苞梢蛟庖匏坳敲胞抛鲛崤铙哮捎譊淆啁教（使也）咆鞘抓䴔狡（虫名）

【四豪】豪毫操（操持）縧髦刀萄猱褒桃糟漕旄袍挠（巧韵同）蒿涛皋号（呼号）陶鳌翱敖曹遭糕篙羔高嘈搔毛滔骚韬缲膏牢醪逃槽濠劳（劳苦）洮叨刨饕熬臊淘咷壕遨

【五歌】歌多罗河戈阿和（平和）波科柯陀娥蛾鹅萝荷（荷花）何过（经过，箇韵同）磨（琢磨，磨减）螺禾窠哥娑驼沱鼍峨佗（他）苛诃珂轲（孟轲）瘥莎蓑梭婆摩魔讹嬴（骡）韡（靴）坡颇（偏颇）俄拕（拖）呵么涡窝伽磋跎蹉锅锣

【六麻】麻花霞家茶华沙（砂）车（鱼韵同）牙蛇瓜斜芽嘉瑕纱鸦遮叉葩奢槎琶衙赊涯（支佳韵同）䜥巴加耶嗟遐笳差（差错）蟆譁蝦葭呀杷蜗爷芭枒骅丫裟杈樝袈邪

【七阳】阳杨扬香乡光昌堂章张王（帝王）房芳长（长短）塘妆常凉霜藏（收藏）场央泱鸯秧狼床方浆舫梁（樑）娘庄黄仓皇装殇襄骧相（互相）湘厢箱创（创伤）忘芒望（观望，漾韵同）尝偿樯枪坊囊郎唐狂强（刚强）肠康冈苍匡荒遑行（行列）妨棠翔良航飏倡羌姜僵橿缰（韁）疆粮穰将（送也，持也）墙桑刚祥详洋佯粱量（衡量，动词）羊伤汤鲂彰漳璋猖商防筐煌篁隍凰徨蝗惶璜廊浪（沧浪）沧纲亢钢丧（丧葬）肓簧忙茫傍（侧也）旁汪臧琅螂（螂）当（应当）珰裳昂糖锵尪杭邙滂骦攘鸧蛋瀼抢（突也）螳闾蒋（菰蒋）亡殃嫜蔷敔孀疮阆（漾韵同）

【八庚】庚更（更改）羹秔坑（阬）盲横（纵横）觥彭棚亨鏗（鼎类）英烹平评枰京惊荆明盟鸣荣莹（径韵同）兵兄卿生甥笙牲擎鲸迎行（行走）衡耕萌氓甍宏茎罂莺樱泓橙争筝清情晴精睛菁晶旌盈楹瀛赢嬴营婴缨贞成盛（盛受）城诚呈程声征正（正月）铖轻名令（使令）并（交并）倾萦琼鹏赓撑瞠峥勍铿嵘鹦轰蜻（青韵同）鶄（青韵同）垩侦

【九青】青经泾形刑硎型陉亭庭廷霆蜓停宁丁钉仃馨星腥醒（迥韵同）偋灵棂龄铃苓伶零娉舲翎鸰瓴聆听（聆也，径韵同）廳汀冥溟螟铭瓶屏萍荧萤荥扃垌瞑暝婷鹒（庚韵同）蜻（庚韵同）

【十蒸】蒸烝承丞惩澄（澂）陵凌绫菱冰膺鹰应（应当）蝇绳渑（音绳，水名）乘（乘驾，动词）塍昇升胜（胜任）兴（兴起）缯凭仍兢矜征（征求）凝称（称赞）登灯（燈）僧崩增曾憎罾矰层嶒能棱（稜）朋鹏肱甍腾滕藤縢恒崚凭（径韵同）姮

【十一尤】尤邮优忧流旒留榴骝刘由油游遊猷攸牛修脩羞秋楸周州洲舟酬雠柔俦畴筹稠邱抽瘳遒收鸠搜（蒐）骝愁休囚求裘毬（球）仇浮谋牟眸侔矛侯猴喉讴鸥楼娄陬偷头投钩沟鞲幽蚴疣绸鞦鹜犹啾酋赒售（宥韵同）蹂揉邹泅裯馃兜勾惆呦樛琉（瑠）蚯踌丘

【十二侵】侵寻浔林霖临针（鍼）箴斟沈砧（碪）深淫心琴禽擒钦衾吟今襟（衿）金音阴岑簪（覃韵同）骎琳琛忱壬任（负荷）霪黔（盐韵同）嵚歆禁（力能胜任）森参（参差；又音森，星名）涔淋祲

【十三覃】覃潭谭昙参（参拜，参考）骖南楠男谙庵含涵函（包函）岚蚕簪（侵韵同）探贪耽龛堪谈甘三（数名）酣篮柑惭蓝担（动词）痰婪

【十四盐】盐檐（簷）廉帘嫌严占（占卜）髯匲纤签瞻蟾炎添兼缣霑（沾）尖潜阎镰幨黏淹箝甜恬拈砭钤詹殲黔（侵韵同）钤兼渐（入也，又浸润）

【十五咸】咸鹹函（书函）缄谗衔（啣）岩帆衫杉监（监察）凡馋巉镵芟嵌（山深貌）搀

（三）上　声

【一董】董动孔总笼（名词，东韵同）颡氼桶洞（洺洞）

【二肿】肿种（种子）踵宠陇（垄）拥壅冗重（轻重）冢奉捧勇涌（湧）踊（踴）甬蛹恐拱栱巩竦悚耸

【三讲】讲港棒蚌项

【四纸】纸只咫是枳砥氏靡彼毁燬委诡髓累（积累）妓绮徙蕊徙屣尔迤弭弥婢侈弛豕紫企旨指视美否（臧否，否泰）儿几姊匕比（比较）姊轨水止市恃徵（角徵）喜己纪跪技蚁（螘）鄙麂篚晷子梓矢雉死履垒诔癸沝趾芷峙以苡似耜已祀史使（使令）驶耳里理裹李鲤起杞跂士仕俟伲始峙齿矣拟耻滓玺跬址倚被（寝衣）痞你伎

【五尾】尾鬼苇卉（未韵同）几（几多）伟筐斐菲（菲薄）岂匪

【六语】语（言语）圄御龉吕侣旅苎抒宁杼伫与（给予）予（赐予）渚煮汝茹（食也）暑鼠黍杵处（居处，处理）贮褚女许拒距炬钜苣所楚础阻俎沮举叙序绪屿墅簿巨讵榉溆去（除也）粔

【七麌】麌雨羽禹宇舞父府鼓虎古股贾（商贾）蛊土吐（遇韵同）谱圃庾户树（种植，动词）煦努弩肚辅组乳弩补鲁橹睹竖腐卤数（动词）簿姥普侮五虎斧聚午伍釜缕部柱矩武脯苦取抚浦主杜隖（坞）

祖堵愈扈虏甫腑俯（俛）估怒（遇韵同）诩拄鹉赌偻莽（养韵同）

【八荠】荠礼体米启醴陛洗邸底诋抵牴柢坻弟悌递（霁韵同）涕（霁韵同）济（水名）蠡（范蠡）澧棨祢眯醍

【九蟹】蟹解骇买洒楷獬澥摆枑矮

【十贿】贿悔改采彩綵海在（存在）罪宰醢载（年也）餧（馁）铠恺待怠殆倍猥嵬（灰韵同）蕾傫蓓每亥乃

【十一轸】轸敏允引尹尽忍准隼笋盾（阮韵同）闵悯泯（真韵同）菌蚓诊畛哂肾脤牝窘蠡陨殒蠢紧悫朕（朕兆）稹嶙矧

【十二吻】吻粉蕴愤隐谨近（远近）忿（问韵同）槿刎

【十三阮】阮远（远近）本晚苑（愿韵同）返反阪损饭（动词）偃衮遁（遯，愿韵同）稳搴（铣韵同）巘（铣韵同）婉琬阗很恳垦畚盾（轸韵同）绻混沌

【十四旱】旱暖管琯满短馆（翰韵同）缓盥（翰韵同）盌（碗）款（欵）懒伞卵（哿韵同）散（散步）伴诞罕灐（浣）断（断绝）侃算（动词）缵但坦袒悍（翰韵同）纂

【十五潸】潸（删韵同）眼简版板盏（琖）产限撰栈（谏韵同）绾（谏韵同）柬拣

【十六铣】铣善（善恶）遣浅典转（自转，不及物动词）衍犬选冕辇免展茧辩辨篆勉翦（剪）卷（同捲）显践饯（散韵同）践昄（散韵同）喘藓软巘（阮韵同）搴（阮韵同）演舛扁（不正圆，又扁额）阐充跣腆鲜（少也）辫件撚单（音善，姓也，又单父，县名）畎褊殄龃缅沔湎键渑（音湎，渑池）缱

【十七篠】篠小表鸟了晓少（多少）扰绕遶绍杪秒沼眇矫蓼皎皎瞭朓杳窅窈嫋袅（裹）窕挑（挑引）掉（啸韵同）肇旐缥渺纱皛淼殍悄缭夭（夭折）赵兆缴（缴纳，又缠也）茑（啸韵同）

【十八巧】巧饱卯昴狡爪鲍挠（豪韵同）搅绞拗咬炒

【十九皓】皓宝藻早枣老好（好丑）道稻造（造作）脑恼岛倒（仆也）祷（号韵同）擣（捣）抱讨考燥扫（号韵同）嫂槁潦保葆堡鸨稿草昊浩颢镐皁袄蚤澡杲缟磘

【二十哿】哿火舸觰柁（舵）我娜荷（负荷）可坷左果裹朵锁（鏁）琐堕垛惰妥坐（坐立）裸跛颇（稍也）叵祸夥颗卵（旱韵同）

【二十一马】马下（上下）者野雅瓦寡社写泻（祃韵同）夏（华夏）冶也把贾（姓也）假（真假）捨（舍）赭厦椵惹踝且

【二十二养】养痒鞅像象橡仰朗奖桨敞氅枉颡强（勉强）盎惘做（仿）两谠傥囊杖响掌党想榜爽广享丈仗（漾韵同）幌晃莽（麌韵同）漭纺蒋（姓也）魍长（长幼）上（升也）網荡壤赏往罔蟒魍廠慷

【二十三梗】梗影景井岭领境警请饼永骋逞颖颍顷整静省幸颈郢猛炳杏丙打哽秉鲠耿荇皿矿冷靖

【二十四迥】迥炯茗挺梃艇铤酊醒（青韵同）并等鼎顶泂肯拯酩

【二十五有】有酒首手口母后柳友妇斗走狗久负厚叟守绶右否（是否）丑受牖偶耦阜九后咎薮吼帚（箒）垢亩舅纽耦杻臼肘韭剖诱牡缶酉扣（叩）筍薮丑苟糗某玖塿寿（宥韵同）

【二十六寝】寝饮（饮食）锦品枕（衾枕）审甚（沁韵同）廪衽（袵）稔禀沈（姓也）凛懔噤潘朕（我也）荏婶

【二十七感】感览揽胆澹（淡，勘韵同）噉（啖）坎惨憯敢颔糁撼毯黔輱

【二十八俭】俭琰焰敛（艳韵同）险检脸染掩点簟贬冉苒陕谄奄渐（徐进）玷忝（艳韵同）崦剡芡闪歉俨崭

【二十九豏】豏槛范减舰犯湛斩黯范

（四）去　声

【一送】送梦凤洞（岩洞）众瓮弄贡冻痛栋仲中（射中，击中）糭讽恸空（空缺）控

【二宋】宋重（再也）用颂诵统纵（放纵）讼种（种植）综俸共供（供设，名词）从（仆从）缝（隙也）雍（州名）

【三绛】绛降（升降）巷撞（江韵同）

【四寘】寘置事地意志治（治安，太平）思（名词）泪吏赐字义利器位戏至次累（连累）伪寺瑞智记异致备肆翠骑（车骑，名词）使（使者）试类弃饵媚鼻易（容易）瑟坠醉议翅避笥帜粹侍谊帅（将

帅）厕寄睡忌贰萃穗二臂嗣吹（鼓吹，名词）遂恣四骥季刺驷泗识
（音志，记也，又标識）誌寐魅燧悴谥炽饲食（音寺，以色與人也）
积被（覆也）荙懿悷觊冀暨（及也）泊概媿（愧）匮馈（馈）箅比
（近也）庇闷秘鸷赘跠穉祟豉珥示伺自痢缎轾臂肄啻企为（因为）
腻遗（馈遗）值壑櫃薏（职韵同）

【五未】未味气贵费沸尉畏慰蔚魏纬胃渭汇谓讳卉（尾韵同）毅
既衣（著衣）翡蜖暨（诸暨，地名）

【六御】御处（处所）去（来去）虑誉（名词）署据驭曙助絮著
（显著）豫箸恕与（参与）遽疏（书疏）庶预语（告也）踞锯饫蒢觑

【七遇】遇路辂赂露鹭树（树木）度（制度）渡赋布步固素具数
（数量）怒（麌韵同）务雾鹜骛附兔故顾雇句墓暮慕募注驻祚裕误悟
瘠晤住戍（戍守）库护屦诉蠹妒惧趣娶铸绔（袴）傅付谕喻妪芋捕
汙（动词）忤措醋赴恶（憎恶）互孺怖寓沍吐（麌韵同）屡塑婺怒

【八霁】霁制计势世丽岁卫济（渡也）第艺惠慧币砌滞际厉涕
（荠韵同）契（契约）弊獘帝蔽敝髻锐戾裔袂繋係祭隶闭逝缀翳制替
细桂税壻例誓筮蕙诣砺励瘵噬继脆谛系叡（睿）毳曳蒂睇憩篲睨纈
渗逮芮掣蓟妻（以女妻人）睥篲递糯襞棣毙荔泥（拘泥）俪唳薛捩
羿谜蚋嘒繐

【九泰】泰会带外盖大（箇韵同）旆濑赖籁蔡害最贝霭蔼沛艾兑
丐柰奈绘桧脍（鲙）侩荟太汰霈酹（遂韵同）狈蕆

【十卦】卦挂懈廨隘卖画（图画）派债怪坏诫戒界介芥械薤拜快
迈话败稗晒瘵屆疥玠湃虿

【十一队】队内塞（边塞）爱辈佩代退载（载运）碎太背誶菜对
废海晦昧碍戴贷配妹嗽溃黛吠概岱肺溉昧慨块乂磑赛刈耐暧在（所
在）再酹（泰韵同）璀（玳）箫珮

【十二震】震信印进润阵镇刃顺慎鬓晋骏闰峻舋（衅）振俊（隽）
舜吝烬讯仞轫迅瞬橚谆（真韵同）馑觐僅认瑾趁浚揾徇

【十三问】问闻（名词）运晕韵训粪奋忿（吻韵同）酝郡分（名
分）紊汶愠近（动词）

【十四愿】愿论（名词）怨恨万饭（名词）献健寸困顿遁（阮韵同）建宪劝蔓券钝闷逊嫩贩溷远（动词）巽艮苑（阮韵同）

【十五翰】翰（翰墨）岸汉难（灾难）断（决断）乱叹（寒韵同）干观（楼观）散（解散）畔旦算（名词）玩（翫）烂贯半案按炭汗赞讃漫（寒韵同，又副词独用）冠（冠军）灌爨窜幔粲燦换焕唤悍弹（名词）惮段看（寒韵同）判叛腕涣绊惋鹳缦锻瀚衍骭馆（旱韵同）盥（旱韵同）

【十六谏】谏雁患（删韵同）涧间（间隔）宦晏慢办盼豢栈（潸韵同）惯串苋绽幻卝绾（潸韵同）瓣扮

【十七霰】霰殿面县变箭战扇煽膳传（传记）见砚院练鍊燕宴贱电馔荐绢彦掾甸便（便利）眷麵线倦羡奠徧（遍）恋啭眩钏倩卞汴嚥片禅（封禅）遣绚谚颤擅钿（先韵同）潋缮旋（已而，副词）唁茜溅善（动词）眄（铣韵同）转（以力转动，及物动词）饯（铣韵同）卷（书卷）

【十八啸】啸笑照庙窍妙诏召邵要（重要）曜耀（燿）调（音调）钓吊叫峤少（老少）徼（边徼）眺峭诮料肖掉（筱韵同）燿烧（野火）疗醮荞（筱韵同）

【十九效】效（効）教（教训）貌校孝闹豹爆罩窖乐（喜爱）较礮（砲）櫂（棹）觉（寤也）稍

【二十号】号（号令，名号）帽报导盗操（所守也）噪竃奥告（告诉）暴（强暴）好（喜好）到蹈劳（慰劳）傲耗躁造（造就）冒悼倒（颠倒）犒扫（皓韵同）祷（皓韵同）

【二十一箇】箇个（个）贺佐做轲（轗轲）大（泰韵同）饿过（经过，歌韵同；又过失，独用）和（唱和）挫课唾播簸磨（石磑也）座坐（行之反，又同座）破卧货涴

【二十二祃】祃驾夜下（降也）谢榭罢夏（春夏）暇霸灞嫁赦借藉（凭藉）炙（音蔗，炮火，名词）蔗假（借也，又休假）化舍（庐舍）价射骂稼架诈亚跨麝怕帕卸泻（马韵同）乍

【二十三漾】漾上（上下）望（观望，阳韵同；又名望，独用）相（卿相）将（将帅）状帐浪（波浪）唱让旷壮放向仗（养韵同）

畅量（度量，数量，名词）葬匠障谤尚涨饷样藏（库藏）舫访觃酱嶂抗当（适当）酿亢（高亢，又星名）况脏瘴王（王天下，霸王）谅亮妄怆抄丧（丧失）怅宕傍（依傍）羌创（开创）旺

【二十四敬】敬命正（正直）令（命令）政性镜盛（多也）行（品行）圣咏姓庆映病柄郑劲竞净竟孟进聘窄诤泳硬獍更（更加）横（横逆）夐并（合并）

【二十五径】径定听（聆也，青韵同；又听从，独用）胜（胜败）磬应（答应）乘（车乘，名词）媵赠佞称（相称）馨邓甄莹（庚韵同）证孕兴（兴趣）甯（姓也）剩（胜）凭（蒸韵同）凳迳

【二十六宥】宥候堠就授售（尤韵同）寿（有韵同）秀绣宿（星宿）奏富兽斗漏陋狩昼寇茂旧胄宙袖（褏）岫柚覆（盖也）救厩臭嗅幼佑（祐）囿豆窦逗溜构（搆）遘购透瘦漱咒镂贸副诟究谬疚骤皱绉又逅读（句读）复（又也）

【二十七沁】沁饮（使食）禁（禁令，宫禁）任（负担）荫谶浸潜鸩枕（动词）噤甚（寝韵同）

【二十八勘】勘暗（闇）滥啖（啖）担（名词）憾缆瞰绀三（再三）暂澉（感韵同）憨淡

【二十九艳】艳（艳）剑念验赡壂店占（占据）敛（聚敛，俭韵同）厌潋焰溅垫欠僭酽舚（俭韵同）

【三十陷】陷鉴监（同"鑑"，又中书监）泛梵忏赚蘸嵌（嵌入）站

（五）入　声

【一屋】屋木竹目服福禄縠熟谷肉族鹿腹菊陆轴逐牧伏宿（住宿）读（读书）犊渎牍椟黩縠复粥肃育六缩哭幅斛戮仆畜蓄叔淑菽独卜馥沐速祝麓镞蹙筑穆睦啄鹙秃縠覆（翻也）扑（扑）鹜辐瀑恧（扭）鹏竺簌曝（暴）掬郁複籙蓿塾蹴碌踘舳蝠辘夙蝮俶倏苜茯髑孰骕

【二沃】沃俗玉足曲粟烛属录辱狱绿毒局欲束鹄蜀促触续浴酷缛瞩躅褥旭蓐慾项梏笃督赎劚踘朂渌騄鹆告（音梏，忠告）

附录

【三觉】觉（知觉）角桷榷攉嶽（岳）乐（礼乐）捉朔数（频数）斲卓涿啄（啅）琢剥驳（駮）雹璞樸（朴）殼确浊擢濯幄喔握渥犖学

【四质】质（性质）日笔出室实疾术一乙壹吉秩密率律逸（佚）失漆栗毕恤（卹）蜜橘溢瑟膝匹述慄黜跸弼七叱卒（终也）虱悉诘戌（地支名）栉昵窒必姪秫蟀嫉篥笮（莘）怵帅（动词）潏聿溧蒺蟋窸宓飁

【五物】物佛拂屈郁乞掘（月同韵）讫吃（口吃）绂黻绋弗髴祓诎勿迄不

【六月】月骨发阙越谒没伐罚卒（十卒）竭窟笏钺歇发突忽襪勃蹶鹘（黠韵同）揭（屑韵同）筏厥蕨掘（物同韵）阀殁粤兀碣（屑韵同）橜羯渤齕（屑韵同）蝎孛纥暍搁榾曰

【七曷】曷达末阔活钵脱夺褐割沫拔（拔起）葛阆渴拨豁括佸抹秣遏挞萨掇（屑韵同）跋钹獭（黠韵同）撮怛剌栝钹泼斡捋妲

【八黠】黠札猾拔（拔擢）鹘（月韵同）八察杀轧辖戛瞎獭（曷韵同）刮帕刷铩滑

【九屑】屑节雪绝列烈结穴说血舌洁别缺裂热决铁灭折拙切悦辙诀泄咽噎杰彻哲鳖设啮劣碣（月韵同）挈谲玦截窃缬阅瞥撇臬蹀抉挈洌爇褻蠛齧涅颉撷撤跌蔑浙篾澈揭（月韵同）孑孽蘖薛绁渫啜桀辍爇迭侄洌掇（曷韵同）拮捏桔拽（捩）

【十药】药薄恶（善恶）略作乐（哀乐）落阁鹤爵弱约脚雀幕洛壑索郭错跃若缚酌托削铎灼凿卻（却）络鹊度（测度）诺萼橐漠钥著（着）虐掠获泊搏龠锷藿嚼勺博酪谑廓绰霍烁铄莫箬铄缴（弓缴）谔鄂恪箔攫骆膜粕拓鳄昨柝酢貉愕寞膊药噩各芍濩

【十一陌】陌石客白泽伯迹（跡）宅席策碧籍（典籍）格役帛戟璧驿麦额柏魄积（积聚）脉（脉）夕液册尺隙逆画（同劃）百辟赤易（变易）革脊获翮展适帻剧厄（厄）碛隔益栅窄核覈焉掷责坼惜癖僻辟掖腋释舶拍择轭摘绎怿斥奕弈帟迫疫译昔瘠赫炙（动词）谪虢硕乑亦鬲骼隻珀踯场蜴踖嶧紷蓆貊擘蹠（跖）汐摭嚇邰鶪

【十二锡】锡壁历枥击绩笛敌滴镝檄激寂翟觋逊耀析皙溺觅狄荻幂鹢戚慼涤的喫甓霹沥霾惕踢剔砾嫡迪淅蜥個

【十三职】职国德食（饮食）蚀色力翼墨极息直得北黑侧饰贼刻则塞（闭塞）式轼域殖植敕（救）饬棘惑默织匿亿臆忆特勒劾仄昃稷识（知识）逼（偪）克剋螠即拭弋陟测翊抑恻肋亟殛忒鷘（鹈）嶷洫穑啬鲫或薏

【十四缉】缉辑戢立集邑急入泣湴习给十拾什袭及级涩粒揖汁笈（叶韵同）蛰笠执隰汲吸絷茸岌翕裛浥熠悒挹檝（楫，叶韵同）

【十五合】合塔答纳榻阁杂腊蜡匝阖蛤衲沓榼鸽踏飒拉遝盍塌哂

【十六叶】叶帖贴牒接猎妾蝶叠箧涉鬣捷颊楫（檝，缉韵同）摄蹑谍堞协侠荚慊屧睫浃笈（缉韵同）慑慴蹀挟铗屟燮镊魇魇詟摺餂魔怗躐辄衱婕聂蛱

【十七洽】洽狭（陕）峡硖法甲业邺匣压鸭乏怯劫胁插锸歃押狎袷掐窫夹恰眨呷